謝小桐（繁體字版）

MISS XIE (A NOVEL WRITTEN IN TRADITIONAL CHINESE CHARACTERS)

B杜

British Library Cataloguing-in-Publication Data. A CIP catalogue record for this book is available from the British Library.

ISBN 978-1-915884-46-6 (ebook)

ISBN 978-1-915884-45-9 (print)

For my Family

第一章/私自離隊

今天，教練告訴謝小桐得退回到省隊。

"我才來國家隊兩年，請再多給我一點兒時間，我一定會證明自己的價值。"她說。

教練搖搖頭，答："妳已經18歲，葉詩文16歲時就已經在奧運會上奪冠……放心，以後還有機會重回國家隊，我看好妳，加油！"

打從四歲起，謝小桐便與游泳結下不解之緣，6歲進入區業餘隊（所謂的3線隊）後，每天固定訓練的時間在1到2個小時，等進入市隊，強度加大，不過還能有一半的時間花在文化課上，一旦進入省隊，那就不是鬧著玩的，12000～13000米的水下訓練是每天的標配，以致於只能利用晚間學習文化課（其餘時間都讓給了訓練），她能感覺到自己與昔日同窗的學業差距越來越大……

在一次重要的省級比賽中，國家教練挑中了她，這對謝小桐來說，也算是天道酬勤的體現（天知道為了進入國家隊，她吃了多少苦，受了多少罪）。哪曉得進入國家隊沒多久，謝小桐就陷入低谷期，她以為自己不會那麼快被放棄，沒想到現實比想像還要殘酷。當"重回省隊"的消息傳來時，謝小桐整個人傻住了，因為運動員的黃金時期很短，她不知道以她18歲的"高齡"，是否還能從省隊崛起，再度衝刺奧運會？

正當她收拾個人物品，準備離開時，母親打來電活，告知奶奶離世的消息。

謝小桐與奶奶的感情極好，聽此噩耗，當場痛哭失聲。其他隊員見狀，還以為她是因為離開國家隊才情緒激動，紛紛好言相勸，讓她更加無助與悲傷......

奶奶出殯後，父親把謝小桐叫到一旁，說："奶奶是在睡夢中去逝的，沒經過病痛，這是值得安慰的事，還有，她曾口頭立下遺囑，要把銀行賬戶裡的錢全留給妳，但妳只能將錢用在旅遊上。"

謝小桐的奶奶一生都沒有離開過從小生長的地方，如今她把"現金遺產"全留給了謝小桐，還備註只能用在旅遊上（應該是心疼孫女平日太過勞累），可見她愛孫心切。

後來，謝小桐的父親陪她一同上銀行取錢，一共是15062元。

"妳奶奶一生節儉，這個錢是她從牙縫裡省下來的。"她父親對她說。

不用父親提醒，奶奶的勤儉持家，謝小桐全看在眼裡，所以內心充滿感激。

"有了這筆錢，妳打算上哪兒旅遊？"她父親接著問。

"還沒想好，等我回到省隊，了解訓練和賽事安排後，再做決定吧！"

雖然重回省隊令她氣餒，但謝小桐從未想過放棄，所以喪假一結束，她便收拾行囊到省隊報到，奈何重回國家隊的心實在太過急切，超時與超量訓練的結果，導致她舊疾復發，隊醫說起碼得休息兩週以上……

"謝小桐，再過兩個月就是全運會了。"教練對她說。

"我知道，但腰背拉傷了，我也沒辦法。"她答。

"也許妳到市隊養傷，把機會讓給後輩。"

"什麼意思？我不過是一時受傷，又不是從此游不動了。"

教練要她冷靜點兒，這不是和她打商量嗎？如果不願意，他也不強求，畢竟勸退也得走程序。

與教練談話過後，謝小桐越想越氣，沒報備就私自離隊，這是犯大忌，最糟糕的情況很可能再也不能回歸。

"小桐，妳想清楚了嗎？"她母親問。

"想清楚了。"她邊打包行李邊答，"反正隊醫說得休息兩週以上，我索性度假去。"

"我的意思是——妳不給省隊打聲招呼嗎？他們正等著妳表態。"

所謂的表態就是為自己的魯莽行為道歉，而她不想在這個節骨眼上給自己添堵。

"等我回來再說吧！如果心情好就道歉，如果心情不好就免談。"她答。

"那也好，路上小心點。"她母親一答完，又重回小說世界裡。

聽去世的奶奶講過，當年謝小桐剛滿月，她母親就敢把她放進嬰兒車裡，然後推到門口的大樹下，來個眼不見為淨（自己回屋看小說去）。現在看來，對首次出國旅遊的女兒，做母親的只道聲小心點，也就不難理解了。

這類離譜的事情經歷多了，也難怪謝小桐總感覺自己有兩個母親，一個活在現實生活中，另一個則活在虛無縹緲裡；反觀謝小桐的父親，雖然他也做夢，但無疑靠譜很多，譬如下班後還會勤勤勉勉地做畫，每年總能賣出一、兩幅貼補家用。

"爸，媽好像經常做白日夢，你也不管管？"某天，她問父親。

"妳母親若不做夢，也不會嫁我，何況她偶爾的靈魂出竅還是我做畫的靈感來源。"

真是一個願打，一個願挨！不過有句話倒是說對了，那就是以她母親的家境，如果不是腦袋不清醒，還真下不了決心下嫁，而那次的一意孤行也直接導致謝家與楊家（她母親的原生家庭）決裂，直到現在都還沒有緩和跡象，家族中大概也只有舅舅還願意搭理他們一家。

"小桐，我無兒無女，妳就是我的女兒，即使妳想要天上的星星，我也會摘下來送給妳。"舅舅曾對她說。

隨著年紀漸長，她開始質疑話裡的真實性，某天，她真的對舅舅說她想要天上的星星，沒想到幾天過後便收獲一整盒的施華洛世奇八角珠水晶，五顏六色，煞是好看！

然而謝小桐的"星星"夢很快就被她奶奶給扼止了，理由是年輕人不該被華而不實的東西蒙蔽雙眼，應該追逐更高一層的內在昇華......

水晶被送回去之後，舅舅曾私下對她說："小桐，我先幫妳收著哈！妳隨時可以要回去，還有，等妳再大一點兒，我會給妳買各色珠寶和鑽石，只要妳開心。"

其實，謝小桐對珠寶首飾的興趣不大，之所以要求買"星星"純屬"打假"，結果舅舅非但沒食言，還應允她更多，待她之好及經濟實力之強可見一斑。

“小桐，”她母親忽然從小說世界裡抽離出來，“妳舅舅知道妳離隊後，說想見妳。”

“什麼時候的事？”她看了一眼牆上掛鐘，“飛機還有五個小時就要起飛了。”

“不是還有五小時嗎？”她母親反問，“他家就在飛機場邊上。”

“在飛機場邊上”純屬胡說八道，不過離得不遠倒是事實。

“好，上機前我順道去拜訪一下。”她答。

第二章 / 多金舅舅

因為家族背景雄厚，謝小桐的舅舅很早就實現財務自由，但近年來似乎更加發達，這可以從他出手越來越闊綽且房子越換越大中看出，好比眼前的這一棟，地下兩層，地上三層，有個大花園，佔地面積超過2畝，屋內裝修豪華，像個皇宮似的，雖然地理位置偏了點兒，但仍十分優越，5分鐘就能上高速公路且周邊配套設施完善。

"小桐，妳來了。"她舅舅從房內走出來迎接，身上仍穿著居家服，"怎麼還帶著行李？"

"我坐晚上6點多的飛機到峇里島。"她答。

"這抵達巴黎不得十多個小時？"

謝小桐糾正是峇里島，不是巴黎，印度尼西亞的那一個。

她舅舅噢了一聲後，看向客廳的古董鐘，接著說機場就在附近，還來得及喝杯果汁再走。

謝小桐其實不願火燒屁股了才趕路，但喝杯果汁的時間是有的，於是坐了下來。不一會兒，傭人便端上清甜的西瓜汁，喝起來甘冽爽口。

"怎麼想去峇里島，而不是巴黎？"他問。

"因為我的旅費只有一萬五，去不起歐洲。"

"一萬五？這夠幹啥？"

一答完，她舅舅立即找來手機，直接轉了十萬元給她，還表示不夠再說。

謝小桐今年才擁有自己的銀行卡（以前未成年，銀行卡與父親的賬戶關聯），她舅舅並不知情。換言之，這筆從天而降的財富極可能被父親半路攔截並退回去，但謝小桐毫不在意，因為她也認為無功不受祿，何況逝去的奶奶曾告誡她——收下不屬於自己的東西，最終都會以別種形式失去更多。

"舅舅，你去過峇里島嗎？"她問。

"沒有，我不去東南亞國家。"他答。

"為什麼？"

"危險。"

謝小桐不知道舅舅的判斷從何而來，但很多外國人到峇里島度假是不爭的事實，應該還是相對安全才對。

"媽說你找我，有事嗎？"謝小桐沒忘記此行目的，遂提醒。

"妳不說，我還真忘了。"她舅舅笑了，"聽說省隊教練找妳麻煩，他叫什麼名字？"

"你想幹嘛？"

"用錢疏通一下。"

這個想法立即被謝小桐否絕掉，她寧願被開，也不想走後門。

"我是擔心妳受欺負，既然妳覺得不好，我就不試了，妳知道我不會做令妳不開心的事。"

"謝謝舅舅！"她看了一眼時間，"我該走了。"

"我送妳。"

"方便嗎？"

"方便，我每天就上上電腦，時間多的是，而且妳還沒看過我新買的車呢！"

謝小桐的舅舅新近買了一輛帕加尼Zonda HP Barchetta，是帕加尼汽車公司創始人奧拉西歐·帕加尼親手設計的，全球限量3臺。

毫無疑問，當這輛寶藍色跑車抵達航站樓時，立即引起騷動。緊隨其後的是一輛勞斯萊斯，兩名西裝革履的男人下車後就站在僱主身邊眼觀六路、耳聽八方，謝小桐的行李箱還是司機取下的。

（註：帕加尼Zonda HP Barchetta只有2人座，無後備箱和前備箱，意思是不具備裝載物品的空間。）

"小桐，妳難得出去旅遊，我讓我的保鏢跟著妳吧！"

聽舅舅這麼一說，謝小桐嚇壞了，立即表示若要保鏢跟著，她寧願取消行程。

"我這不是擔心妳嗎？"她舅舅說。

"我沒錢，誰會對我感興趣？再說，雖然我沒學過武功，但體力好，跑得又快，想扳倒我，還得有點兒真本事，所以……真不需要。"

話都說到這個份上，她舅舅也只好接受，叮嚀她注意安全後，與保鏢一同揚長而去。

雖然人走了，興許是猜疑心在作祟，一路上，謝小桐不時左顧右盼，害怕舅舅食言（實際又安排保鏢跟在她身後），以致草木皆兵，直至上了飛機，她才真正放下心來。

"飛機會在香港轉機，"她心想，"抵達峇里島是隔日清晨七點多，我可以在機上睡個好覺。"

第三章/身無分文

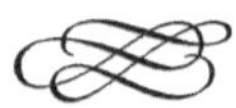

謝小桐在烏布訂了一個專供女性住宿的青旅，價格不便宜，一個床位就要6o萬印尼盾/晚，但重在安全性高（只限女性居住）、位置好（靠近烏布皇宮和聖猴公園）、包早餐（多吃點兒，中午那餐可省下來）且有免費課程（譬如冥想課、瑜伽課等）和免費服務（譬如按摩、美甲等）。

她在青旅待了兩天，把免費課程和免費服務都體驗完畢，同時四周步行範圍內可達的景點也都參觀了，這才租了輛摩托車，開始環島大冒險。

第一天，主要在北部地區探險，包括德格拉姆梯田、Tegenungan瀑布、藝術市場、海神廟等。

第二天往南，參觀了一些著名海灘和據說是愛情聖地的情人崖。在謝小桐看來，情人崖就是一個面朝大海的普通斷崖，唯一跟愛情扯上邊的大概是一個用石頭堆砌起來的心形石雕，適合情侶拍照打卡。

由於抵達情人崖時適逢落日，謝小桐找了個臨崖酒吧，邊飲雞尾酒邊將美麗的夕陽拍下，哪知一隻頑猴竟趁她不備，搶走了放在桌上的斜挎包。

茲事體大，她趕緊跟酒保要來一碟花生。

"Hello，花生給你，包還我。"她好聲好氣地對猴子說。

然而事與願違，可怕的一幕發生了——猴子扔下包，跑過來領賞，謝小桐就這麼眼睜睜地看著她的包直下三千尺……

"老天！"她一把抓住猴子，"看你都幹了……"

話還未說完，謝小桐的右手臂就被狂躁的猴子給咬了一口，留下一道約3公分的齒痕，上面血跡斑斑。

酒吧內的客人都見證了這災難性的一刻，謝小桐呆在原地，既狼狽又無助……

"讓我看看妳的傷口。"一名小夥子走過來對她說，說的還是普通話。

難得遇到救星（還是個同胞），謝小桐很配合地伸出受傷的右手臂。

"妳的手需要看醫生，但去之前，得先消消毒，妳稍等。"

男子說完，跑向吧檯說了幾句，再出現時，手裡拿著一瓶威士忌。

"可能會有些痛，妳忍忍哈！"他說。

當威士忌沖洗傷口時，謝小桐倒不覺得有多痛，但她的心很痛，那瓶威士忌得多少錢啊？！

"好了，現在可以上醫院了。"他停頓了一下，"妳有朋友可以載妳過去嗎？"

謝小桐本來答沒有，但再一想，這豈非證明她是獨自旅行？不行，那太危險了！遂改口"目前"沒有。

男子愣了一下，因為他分辨不出兩者有何不同。

"要我載妳過去嗎？"他又問。

"我……我還沒付酒錢……"她脹紅了臉，"事實上，我現在一分錢也沒有，因為現金和銀行卡都在包內，而包已被猴子扔進大海裡。"

話說完，對方仍保持沉默，這讓謝小桐感到害怕，莫非對方打算"見死不救"？

"不用擔心，"男子終於開口，"跟我走就是。"

當他倆經過酒吧收銀臺時，男子扔下一沓紙鈔就走，謝小桐心想："這是連同我的酒錢和那瓶威士忌也一併付了嗎？"

"妳在幹嘛？我的車在這邊。"

聽男子這麼一喊，謝小桐回過神來，快步跟上。

第四章/白菜燉粉條

國際醫院的看診醫生只會說印尼話和英語，謝小桐不會說印尼話且英語水平一般，放在從前可能要另請中文翻譯員，但現在有語音翻譯軟件，所以問題不大。

（註：本來她還將希望寄託在"同胞"身上，奈何他一直保持沉默，大概英語水平也不行吧？！）

那位皮膚黝黑的印尼醫生在看過謝小桐的傷口後，表示野生猴可能攜帶細菌和病毒，譬如猴皰疹、膿毒血症、破傷風、狂犬病等，一旦感染上，後患無窮。

謝小桐聽過破傷風和狂犬病，但什麼是猴皰疹和膿毒血症？

醫生讀過謝小桐遞過來的語音翻譯後，洋洋灑灑地對著她的手機一陣輸出，原來人若感染猴皰疹，會影響中樞神經系統，病死率極高；至於膿毒血症，它是身體對感染反應異常的表現，會導致休克、血壓驟降、身體器官受損等，嚴重時甚至會死亡。

知道自己可能"命在旦夕"，謝小桐當然全力配合，既做了測試，也打了針，同時還帶走數包藥，比較麻煩的是兩個禮拜後得複診，而那時她已回到國內。

聽完謝小桐的擔憂，男子表示沒事，讓這裡的醫院給病歷和醫療證明，回國後再就近複診即可。

"明白了。"她躊躇了一會兒，"我一共欠你多少錢？"

"我算一下哈！"他點開手機計算器，快速操作一下，"加上酒錢，一共是302萬印尼盾。"

302萬印尼盾折合人民幣約1400元人民幣，數目沒想像中大，謝小桐可以利用手機支付功能來支付（還好她的手機沒被扔進大海裡）。

"我轉給你吧！微信還是支付寶？"她問。

"沒有。"

"什麼？"

"我沒有微信，也沒有支付寶。"

這個年代竟然還有中國人沒有微信和支付寶？謝小桐心想這也太離譜了！

"那麼我該如何付你錢？"她又問。

男子想了想，反問她會不會做白菜燉粉條？

"什麼？"她揚起聲問。

"我一直很想吃這道菜，可是家裡的印尼女傭做不出那個味道來，如果妳會做，就當抵扣那302萬印尼盾。"

謝小桐12歲起就接受專業的游泳訓練，平常有專門的營養師和廚師把關，她根本無需動刀鏟（也沒那個時間），不過假日回到家中，她偶爾還是會在奶奶做飯時充當下手，譬如切個菜或遞糖遞鹽等，耳濡目染下，她自認自己的廚藝應該不差。

“沒問題，如果你有食材的話。”她答。

“有是有，可是現在時間晚了，我們還是約明天中午見面吧！”他說。

“不，”她衝口而出，“既然想吃，就現在做吧！”

男子考慮了一下，最後點了頭，兩人上車離開醫院。

第五章／竹屋

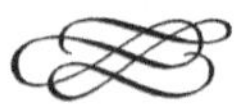

天色已晚，謝小桐又與該名男子初次見面，貿然上門很不智，但她已餓了半天（吃過"免費且豐盛"的青旅早餐後就再也沒進食過），所以急需一個"白吃白喝"的機會，何況峇里島的支付方式仍以現金為主，刷卡也僅限信用卡，而這兩樣……她"目前"皆沒有。

當車窗外的景象從車水馬龍轉為人煙稀少時，謝小桐體內的警報器開始哇哇作響……

"你家很遠嗎？"她問。

"是有段距離，白天還好，到了夜裡就恐怖了，心理素質得過硬才行。"

男子不答則已，一答，謝小桐更加惶恐。

"咳咳。"她故意咳嗽兩聲，"還沒請教貴姓大名。"

"雷駿，打雷的雷，駿馬的駿。"

"老家哪裡？"

"老家……東北。"

"的確配得上你的名字。"

"怎麼說？"

在謝小桐的印象中，東北男人大多直爽豪邁，與眼前男人的名字（雷駿）頗為般配。

當謝小桐把自己的想法說出來時，叫雷駿的男人沒自謙，反而問她一個奇怪的問題——什麼樣的名字配得上日本人？

謝小桐沒有日本朋友，只曾在比賽場合見過同場競技的日本選手。話說回來，這個問題本身就很奇怪，怎麼忽然扯上日本了？

"抱歉，我連日本姓氏都不熟，實在無法回答你這個問題。"她答。

"沒關係，當我沒問。"

謝小桐以為男子接下來會問她叫什麼名字，結果沒有，這讓她多少有些不適，說好的"禮尚往來"呢？

當車子駛離"偶有人煙"的雙向單車道，開始往山上開去時，謝小桐的不安加劇了，因為兩旁皆是森鬱的樹林。

"怕嗎？"姓雷的東北男人問。

"為……為什麼這麼問？"

"因為……算了，當我沒問。"

謝小桐心想這算哪門子回答？莫非他在暗示什麼？

"我是國家級游泳運動員，曾代表中國出賽。"她主動聲明。

雷駿看了她一眼，說："看起來是挺像的，因為妳有寬闊的肩膀和流線型的肌肉線條，四肢也很修長。"

“是的，能當上國家運動員皆不簡單，是國寶，關注度也高。”

“妳的意思是我應該認識妳？抱歉，我很少看體育新聞。”

謝小桐心想怎麼走偏了？她原本希望男子看在自己是國寶級運動員的份上，打消造次的念頭。

“不認識沒關係，只要平平安安就好。”她答，“你家還有多遠？”

男子不明白車上的女人為什麼會提到“平安”，莫非不信任他的駕駛技術？

“再十分鐘就能‘平安’抵達，妳稍安勿躁。”

十分鐘的確能“稍安勿躁”，謝小桐遂不再言語，但身心仍保持戒備狀態……

“到了。”雷駿說。

聽說到了，謝小桐極目探去，卻不見任何屋子。

“你開什麼玩笑？”她問。

“我不開玩笑，妳可以跟我一同下車，也可選擇留在車內。”

雷駿答完，自顧自地下車去。

由於車燈已熄，就著朦朧的月光，謝小桐隱約看到那人“下山”去了，這如何是好？

天人交戰數分鐘後，謝小桐還是決定“深入虎穴”，除了飢腸轆轆的原因外，她還怕阿飄（網絡流行語，指幽靈）和野生動物，前者是心理上的畏懼，後者則是生理上的威脅。

下車後，謝小桐踏著雷駿走過的足跡而行，結果發現前方不遠處是下坡路，寬度只容兩人並排走，傾斜度約在45度。

"這若無人帶路，肯定找不著。"她嘀咕着，"一個不留意還容易摔得鼻青臉腫。"

還好前方約兩百米處燈火通明，那應該就是雷駿的家，謝小桐小心翼翼地往光亮處走去……

"大白菜有一顆，"雷駿一見她就說，"粉條還剩半包，我查過了，沒過期。"

謝小桐沒順著話題接下去，反而問起這裡怎會有兩棟屋子？

"我租下這竹屋就是看中它的睡眠區和起居區分開，因為我不喜歡被子上有油煙的味道。"

"這裡有衛浴嗎？"

"算有吧！如果想洗澡就下游泳池，池裡的水三天換一次，至於衛生間……整個樹林就是個天然的大廁所，不過我建議妳選擇適中的地點，太靠近屋子，味道不好聞，倘若離得太遠，又難保不被蛇類攻擊。"

"蛇？"謝小桐睜大眼睛，"這裡有蛇？"

雷駿表示峇里島的蛇多了去，其中還包括劇毒的眼鏡蛇，不過無需過度擔憂，因為蛇也怕人類，只要不是太缺乏"人氣"，基本可以不用操心。

聽說有蛇出沒，謝小桐的心跌宕起伏，她決定轉移話題來改變心情。

"你就只想吃白菜燉粉條？"她問。

"除了這道，其他隨便，冰箱裡有什麼，妳看著辦。噢！對了，米在洗手池下方，煮好叫我。"

雷駿答完，走回"睡眠區"。

謝小桐躊躇了一會兒，開始洗手做羹湯。

雷駿答完，走回"睡眠區"。

謝小桐躊躇了一會兒，開始洗手做羹湯。

第六章 / 大雨翩然而至

謝小桐的奶奶煮過白菜燉粉條，她記得豬肉得切片，再用澱粉、生抽、鹽、五香粉等醃製一下，可是她找遍廚房，就是沒有五香粉，只好用胡椒粉替代。

當她將煮好的白菜燉粉條蓋上鍋蓋後，緊接著又做了洋蔥炒雞蛋和醋溜土豆絲。

等白米飯也煮好，謝小桐即刻喊人吃飯。

“煮好了？”雷駿猛然一開門，“我差點兒睡著。”

謝小桐望向男人身後，雙人床上的被褥很凌亂。

“你這是在抱怨嗎？”她問，“我才用了40分鐘不到。”

“妳想到哪兒去了？”他赤腳跨出屋外，“走，吃飯去。”

雖然謝小桐的右手臂受傷了，但沒影響她發揮廚藝，可是雷駿似乎不太滿意。

“怎麼樣？是不是你要的味道？”她問。

“比印尼女傭煮得好，但……這不是白菜燉粉條。”

男人可以說謝小桐的廚藝不達標，但說她煮的不是白菜燉粉條，這簡直侮辱人！

"你看好了，這是白菜，這是粉條，怎麼就不是白菜燉粉條？"她邊用筷子指點邊答。

"妳看好了，"他用筷子挑起一片豬肉，"這是什麼？這是里脊肉啊！"

謝小桐說她也知道該用五花肉，無奈只找到豬里脊。

"不，妳誤會了，我要的是白菜燉粉條，只有白菜和粉條，不帶任何肉類。"他答。

謝小桐不明白，帶肉的白菜燉粉條不是更好吃？

雷駿承認眼前的這盆"豬肉白菜燉粉條"吃起來不差，甚至談得上美味，但他就想吃不帶肉的。

"那抱歉了，我沒達到你的期望。"謝小桐說。

"沒關係，過兩天再煮也行。"

謝小桐聽完一驚，莫非今天的這道菜無法抵扣欠款，如果真是那樣，未免也太不厚道了？！

雷駿解釋不是這個意思，而是若過兩天再煮，他會另給302萬印尼盾。

謝小桐的確需要這筆錢，可是話從對方口中說出，倒像是可憐她來著。

"聽著，我非常感謝你的善心，也很需要這筆錢，但我更希望用借的方式，等回國後再還你。"

結果雷駿表示她又誤會了，他純粹就想吃白菜燉粉條，如果恰好幫助到她，那也是瞎貓碰到死耗子。

"我不明白你為什麼就這麼想吃白菜燉粉條？何況我的廚藝也沒多好。"

“妳的廚藝的確一般，但這盆菜很接近我印象中的味道，所以我相信只要去除掉豬肉，應該八九不離十了。”

由於後天一早，謝小桐就得搭機到泗水，已經等不到“過兩天”，所以當下決定明天就動手煮，而且為了“一步到位”，打算隔天一早就從酒店步行到傳統市場買五香粉，順便把缺失的白菜和粉條也一併買了。

“這個計劃很好，”雷駿看了一眼天空，“可惜晚了一步。”

謝小桐也看了一眼天空，一道閃光快速劃過，接著轟隆一聲。

“打雷了。”她說。

“是的。”

“你剛剛說什麼來著？”

“我說計劃晚了一步，因為今晚妳回不去了。”

“什麼意思？”

“妳也看到打雷了，依目前的空氣濕度，應該馬上會有強降雨，如果強行離開很危險，聽過山體滑坡沒？那會要人命的。”

謝小桐知道山體滑坡，也曉得那的確會要人命，可是眼下只有一張床，這要怎麼睡？

雷駿答只能委屈她睡起居室的沙發了，不過這還不是最糟糕的部分。

“你倒是告訴我什麼才是最糟糕的部分？”她問。

“還是別講了，免得打擊妳。”他答，“碗盤就留著讓女傭明天洗，我回房拿條被子給妳。”

雷駿送來被子沒多久，謝小桐便聽到滴滴答答的聲音，像有人弄翻了一盆豆子（還是超大一盆，因為聲音持續了一分多鐘），緊接著便是刷刷刷的雨聲，夾雜雷聲和風聲，彷彿世界末日來到。

起初，謝小桐尚不知死活，裹著被子，悠哉地欣賞大自然的疾風暴雨，然而隨著勢態越發嚴峻，她不得不把沙發移到廚房島臺的後方，可是依然擋不住雨水和呼嘯而來的狂風，誰讓這個"起居區"是通風式的，270度無遮擋，只有一側有牆（沿牆擺放了一個雙門式大冰箱和兩個置物架）。

當雷駿過來解救她時，謝小桐已經成了徹頭徹尾的落湯雞。

"你就不能早點兒喊我過去？"她不無埋怨地說道。

"如果我一早就提議，妳恐怕要誤會我居心不良。"他答，"妳是跟我回臥室還是不跟？我已經濕透了。"

此時的雷駿看起來耐心盡失，謝小桐遂不再抱怨，乖乖跟著他走……

第七章／奇怪的男人

他倆一進屋，雷駿便動手脫掉身上的濕衣服，左腰上那如同月餅大小的胎記隨著身體的擺動而搖晃，把謝小桐給看傻了。

"別杵在那裡。"他丟給她一條毛巾和一件衣服，"襯衫的長度應該能蓋住妳的屁股。"

謝小桐躊躇了一會兒才開始脫衣、穿衣和擦拭身體，可是頭髮一時乾不了。

"你有吹風機嗎？"她問。

"沒有。"他答。

"那……"

"用毛巾包住頭髮吧！"他指了指床的一側，"那邊給妳睡，對了，妳睡覺打呼嗎？"

"不打。"

"那太好了，我受不了打呼的聲音。"

起初，謝小桐睡得很不安穩，但疲倦感很快襲來，她的
警備狀態也一點一滴地鬆懈下來，到最後竟整個棄械投
降⋯⋯

隔日，她被嘰嘰喳喳的鳥叫聲給喚醒，當她坐起時，看
到落地門外灑滿了陽光，正前方是一畦畦的梯田往上，
左右兩邊有大片葉子的倒影，不遠處還有一個垂掛下來
的竹製吊椅。

"這是哪裡？"她喃喃自語。

"這是我家。"

謝小桐往左一看，嚇得心臟差點兒跳到嗓子眼。

"你⋯⋯你怎麼在這兒？"她顫抖著問。

"我說了，這是我家，我當然在這裡。"

聽到這個回答，謝小桐的記憶回來了，她想起昨晚的疾
風暴雨。

"抱歉，"她咳嗽兩聲，"昨晚天昏地黑，我一時沒認出
來。"

"也難怪妳沒認出來，白天的竹屋和夜裡的竹屋的確是
兩種不同的風貌，不過妳得有心理準備，因為經過昨晚
的肆虐，現在外面應該是狼藉一片。"

果不其然，院子裡到處是落葉和雜物，樹木也橫七豎八
，泳池裡的水就更別提了，不知道的還以為池子裡裝的
是泥漿⋯⋯

雖然觸目所及皆是"浩劫後"的慘狀，但仍難掩屋子本身
的魅力，看得出設計師花費了不少心思，處處彰顯著匠
心獨運的藝術品質。

"竹屋的竹子是打哪兒來的？"她問。

"本地產的，據說來自Karangasem山，那裡的竹子含糖量較低，可以降低白蟻啃噬的可能性。"他答。

"我要是你，絕不會選這麼偏僻的原始建築居住，因為美則美矣，但太不便利了，還得時刻提防蚊蟲叮咬和來自叢林'不速之客'的威脅。"

"我怕的是人，所以這些都可以忽略不計。"

謝小桐心想人有什麼好怕？何況雷駿還是堂堂七尺之軀。

"我猜你怕的是壞人。"她說。

"不，我怕的是好人，法定意義上的好人。"他停頓了一下，"不說了，妳就著廚房用水抹把臉吧！我們馬上出發。"

謝小桐問去哪兒？雷駿答早市，因為今日中午有個"白菜燉粉條"之約。

這下子又喚醒謝小桐的記憶，她趕緊梳洗一番……

當他倆終於"爬"到主路上時，恰巧有輛車顛簸著開過來。雷駿見狀，立即鑽進自己的座駕。

"幹嘛這麼趕？"謝小桐也入座，同時繫上安全帶，"咦！那兩人下車了，看樣子是往你家的方向走去。"

"他們是我的女傭和園丁，由於昨晚下暴雨，我讓他倆提早過來收拾殘局。"他答。

"既然這樣，你為何不打聲招呼？"

"沒那個必要。"

謝小桐心想這個僱主未免也太不近人情了，若說他社恐或自命清高也不像，反正就是哪裡怪怪的。

“我們現在下山去，”他又說，“12點回，時間相當充裕，妳可以順便買身合適的衣服。”

由於昨晚被打濕的衣服尚未乾透，謝小桐依舊穿著雷駿的衣服，上身是寬寬大大的襯衫，下身則是鬆垮的海灘褲（為了防止海灘褲滑落，腰間還繫上男式皮帶）。

“好，買衣服的錢就從那302萬印尼盾中扣除。”她答。

雷駿沒接話，開始發動車子……

第八章/分道揚鑣

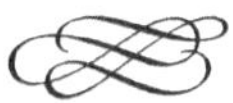

車子在雙向單車道上左拐右繞，謝小桐越看越熟悉，這不是烏布嗎？

"停停停……" 她喊。

雷駿趕緊路邊停車，接著詢問停車理由。

"看到那家青旅沒？我就住那裡。" 她鬆開綁在身上的安全帶，"你等會兒，我回房換衣服，這樣就不用花錢買衣服了。"

雷駿百無聊賴地坐在車內等，當就快失去耐心時，謝小桐小跑步過來，樣子頗為神祕。

"看我帶了什麼？" 她打開用餐巾紙包裹的東西，"是沙嗲。"

"哪兒來的？"

"我住的青旅包早餐，怕你等太久，我快速吃完後，又給你帶了沙嗲。"

"為什麼？"

謝小桐被問住了，這不明擺著？還需要問嗎？

"因為你沒吃早餐啊！"她忽然感到委屈，"我還特地拿了一瓶水，就怕你乾吃口渴。"

在雷駿的成長過程中，很少有人會主動對他好，以致他一時不知該如何反應。

看男人呆若木雞，謝小桐也來了氣，說："你不吃就算了，反正也不是什麼好東西……"

"不，我吃。"

話一答完，雷駿吃了起來，連水也喝了不少。

"好吃嗎？"她忍不住問。

"還行。"

"噢！對了，你借我的衣服，我已經手洗了，下午肯定乾，到時候再還你。"

"好。"

雷駿吃完後，車子再度發動，不一會兒便抵達目的地（去的其實是謝小桐之前提到過的傳統市場），雷駿說是早市，她還以為是另一個市場呢！然而不管是早市或傳統市場，都像極了農貿市場，舉凡蔬菜、水果、魚類、肉類、乾果、香料、點心、熟食、雜貨等，一應俱全。另外，祭祀用品（譬如小花籃、花圈等）也很常見，因為祭拜神靈是峇里島人每天都要做的事。

謝小桐買完食材，想著應該打道回府了，然而雷駿卻表示時間還早，不如找家咖啡館坐坐。

峇里島最不缺的就是咖啡館，好比不遠處就有一家，於是他倆橫越馬路而去，這才發現原來是家寶藏店，窗外正是美得令人窒息的稻田風光。

“明天妳就要到泗水去了，機票和酒店都訂好了嗎？”雷駿問。

“訂好了，也好在已事先訂好，若擱到現在才訂，豈不是天價？”她答。

“泗水最有名的便是火山，妳應該也報名了吧？！”他接著問。

“沒，原本我打算抵達後再報，現在看來也報不了了，因為……”

謝小桐沒繼續說下去，但雷駿懂的（無非是錢的問題）。

沒多久，服務員端來咖啡。

“妳喜歡貓屎咖啡？”他三問。

所謂的貓屎咖啡又叫麝香貓咖啡，起因是麝香貓在吃完咖啡果後，會把咖啡豆原封不動地排出體外，這些經過胃酸發酵後的咖啡豆，飲用起來更加醇厚，於是人們開始人工化飼養，如今貓屎咖啡已成了國際市場上的搶手貨。

“嚐新吧！”她答，“因為這玩意兒在印尼以外都賣得賊貴。”

“起初，我的想法跟妳一樣，一天一杯，但自從知道麝香貓的可憐處境後，就再也沒喝過。”

“什麼處境？”

在雷駿的進一步陳述下，謝小桐得知商人為了取得更多貓屎，把麝香貓關在狹小的鐵籠裡，每天只餵食咖啡豆。要知道，麝香貓是雜食性動物，只食咖啡豆會引發消化不良，加上缺乏運動和社交，久而久之，部分麝香貓竟出現刻板行為，譬如重複無意義的動作或撕咬自己的尾巴……

“這麼慘？”她放下手中的咖啡，“那我以後也不喝了。”

謝小桐的反應觸碰到雷駿心裡的那根弦——他雖然不是個好人，但喜歡心地善良的人。

喝完咖啡後，雷駿看了一下時間，接著宣佈現在可以回去了。

“我怎麼感覺你好像掐著時間。”她說。

“我是掐著時間，因為我讓女傭和園丁中午12點準時離開，如果早回去就會碰上了。”

“難道你和他倆從未見過面？”

“有必要見嗎？只要他們做好工作，我又按時給足錢，沒必要見面，不是嗎？”

話說得沒錯，但就是哪裡怪怪的。

“你都是這麼對待陌生人的嗎？”她問。

“是的。”

“看來我是比較特殊的那一位。”

“妳想多了，我無非是……”

雷駿把話說到一半，對謝小桐而言，傷殺力更強。

“走了吧！”謝小桐驟然起身，“做完菜，拿上錢，咱倆就兩清，從此相忘於江湖。”

第九章/後會無期

"怎麼樣？是不是你想要的味道？"謝小桐急切地問。

雷駿沉默不語，緊接著又吃了第二口、第三口……

"你……你怎麼……怎麼不說話？"

其實謝小桐想問的是為什麼他的眼眶紅了？但終究還是找了別的理由替代。

"是這個味道，"他點頭，"我找這個味道找了很久，妳能告訴我是怎麼做到的嗎？"

於是谢小桐告訴他作法，可是雷駿還是覺得不對，因為他也曾如此泡製過，味道卻不一樣。

"其實……我還用了豬油。"她弱弱地答，"你說過不要任何肉類，但我認為沒點兒肉味不好吃，於是拿出準備做紅燒肉的豬五花，切了幾塊肥肉炸出豬油來……"

"原來差別在這裡啊！"他喃喃道。

"這下子你在家也可以自己做了。"謝小桐說。

「不了，吃過這一次，滿足心願就好，何況我也不是特別喜歡吃白菜燉粉條。」

謝小桐頓時傻眼了，既然不喜歡吃白菜燉粉條，幹嘛還大費周章地讓她一試再試？這是什麼道理？

面對詢問，雷駿沒回答，而是默默吃著，像在進行某種儀式。

等兩人都吃完後，雷駿看了一下時間，接著宣佈她可以走了。

謝小桐本來就沒有久留的打算，但被人這麼毫不留情面地掃地出門，還是挺難受的。

「走是一定會走的，你是現在給錢還是等拿到衣服再給？」她冷冷地問。

雷駿立即掏錢，而且一出手就是一大疊。

謝小桐數了302萬印尼盾，其餘歸還。

「妳還嫌錢多？」他很不可思議地問。

「我奶奶說過——收下不屬於自己的東西，最終都會以別種形式失去更多。」

「妳奶奶有沒有說過‘人無橫財不富’？」

「她倒沒這麼說過，不過話說回來，人生最重要的是獲得幸福感，如果富了卻沒能換來心靈上的安定，那麼再多的錢又有何用？」

雷駿的心喀噔了一下，這是什麼神仙家教？

「我看我還是載妳回青旅吧！」他說，「我的女傭和園丁應該已經在趕來的路上，我並不想見到他們。」

「他倆不是早上才來過？」她問。

"泳池的水還沒換，髒衣服也還沒洗，不過也不能怪他倆，畢竟一個早上大概就只夠整理起居室和打掃庭院垃圾。"

"這就是你趕我走並且發善心載我回去的原因？"

"是啊！不然呢？"

謝小桐忽然覺得眼前的男人耿直得可愛，怎麼一點兒彎都不帶繞？

後來他倆回到謝小桐住的青旅，她下車取衣服還他。

"妳明天坐幾點的飛機？"他收下衣服後問。

"下午兩點二十分。"她答。

"那麼……後會有期了。"

待車子走遠後，謝小桐喃喃道："應該是後會無期才對。"

第十章/成田駿

在成田駿即將滿18歲的前幾天，周院長把他叫進辦公室，說：“再過幾天你就要離開孤兒院了，聽喬老師說你不再升學，所以民政部門會一次性發給你6個月的基本生活保障金，也就是3360元，之後就會停發，所以你得趕緊找到一份餬口的工作。當然，如果找工作不順利或遇到什麼麻煩，任何時候你都可以回到這裡尋求幫助。”

“知道了。”他答。

“你還有什麼話要說？”

成田駿躊躇了一會兒，最後還是決定把埋藏在心裡多年的疑問拿出來曬一曬。

“我以為我已經回答過那個問題。”周院長表情嚴肅地說。

“是回答了，但我要的是真相。”

“真相就是……你應該往前看，而不是被過去羈絆。”

“如果一個人連自己的根在哪裡都不知道，如何往前看？”

現在換周院長糾結了，基於職責所在，他不該讓孤兒院的孩子懷有“原罪”的心理壓力（好比對自己的存在產生罪惡感），但成田駿是個特殊的例子。

看周院長眉頭緊鎖，成田駿說：“這樣好了，我問您答，可以嗎？”

“可以。”

“我姓成嗎？”

孤兒院裡的孩子送來前若已知道姓名，通常會被保留下來，如果不知姓啥叫啥，那就跟著院長姓，同時由院長取名。

“不是，你的姓氏是成田。”周院長答。

成田駿被當頭一棒，雖然這個答案在他心中縈繞很久，一旦被證實，還是很令他震驚。

“這麼說，我真的是日本人……”他喃喃道。

周院長曾聽前院長講起成田駿的身世——這孩子當年被遺棄在火車站的座椅上，包被裡藏著一張宣紙，正中央工整地寫著“成田駿”三個大字，右上角是“平成七年三月八日生”，左下角是父母的名字。

這是成田駿第一次聽說有父母的消息，趕緊詢問他們姓啥叫啥。

“很抱歉，”周院長說，“那張宣紙已被前院長銷燬，理由是你應該把自己當成中國人，這樣才能更好地融入社會。”

也許前院長的出發點是好的，但他忘了人言可畏，在口耳相傳的作用下，成田駿八歲時就知道自己“可能”是日本人。如果成田駿知道自己"可能"是日本人，那代表孤兒院裡的其他人也知道。換言之，在仇日的顯意識與潛意識之下，成田駿的日子過得相當艱辛，畢竟冷暴力也是一種暴力。久而久之，他將自己封閉起來，不輕易與人交流或有情感上的互動，彷彿這樣就能保護他那敏感且脆弱的心靈。

（註：孤兒院未必對他區別對待，很多時候可能是成田駿的"受害者情結"在作祟，哪怕是無心的一句話或一個動作，也會被他合理化地歸為歧視。）

I8歲生日的這一天，孤兒院上下都來歡送他，作為大愛園大家長的周院長當然得講兩句。

"成田駿，從今天起你就是法定意義上的成年人，得為自己的一言一行負責，你必須時刻戒慎小心，不給社會帶來負面影響。"周院長停頓了一下，"這裡依舊是你的家，有空常回來看看。"

當鐵門在背後關上時，成田駿五味雜陳，既鬆了一口氣，又好似馱上了重物，因為從今以後他得為自己的生存負責，不再有退路（雖然周院長表示大愛園依舊是他的家，但聽得出是場面話，真要回歸了，恐不受待見，這點他是清楚的）。

就這樣，只有高中學歷的成田駿做過水泥工、油漆匠、保險推銷員、市場銷售……等，也曾送過外賣，但時間皆不長，直到遇見蕭老闆才算安定下來。

"你以後就跟著我，總有你一口吃的。"蕭老闆對他說。

事實上，蕭老闆給的比口頭上應允的還要多，除了食宿全包外，每月還有一萬五的工資，比起初出校門的大學畢業生，這個待遇簡直太好了，何況做的不過是打雜跑腿的工作（譬如幫老闆買包菸或者趕走忽然闖進院子裡的貓），悠閒到他不禁懷疑自己是度假來著，直到那一天的到來……

"小成，工作來了，你跟著小寶見習一下。"蕭老闆說。

小寶也是孤兒，來自雲南，比成田駿還寡言，不知道的，還以為他是啞巴。

就這樣，成田駿跟在小寶的屁股後面，"很迷茫"地東奔西跑。

"小寶，我們已經跟蹤這個人有半個多月了，還要跟多久？"他問。

"你是見習生，就別多問了。"

兩天後的傍晚，小寶要成田駿晚餐別吃太多，因為今晚要動手了。

"動手？你該不會想打劫吧？！"

"別問了，到時候聽我的命令行事。"

當小寶拿槍指著"目標"的太陽穴時，成田駿嚇得兩腿發抖，差點兒把吃下去的晚餐給吐了出來。

"把私鑰交出來！"小寶對跪著的人說。

"兄弟，我可以給你們20萬……不，一百萬，馬上就給，請放過我。"

小寶隨即用槍把猛擊男人的頭部，那男人立刻捂住頭，痛苦地哀嚎著。

"你還有十秒鐘。"小寶說。

"我……我可以給你們兩百萬，絕不報警，我發誓！"

話甫歇，槍聲響起，男人的右大腿中彈，血流如注。

“你還有五秒鐘。”小寶又說。

“一……一千萬，這夠你們……”

男人話還沒答完，他的左大腿緊接著中彈，整個人都在抽搐……

“你還有3秒鐘。”小寶說。

這次男人不再造次，乖乖交出U盤，小寶立即扔給成田駿，讓他查查裡面是否有字符串？

成田駿手忙腳亂地找來電腦，插入後提示需要密碼。

“密碼是……是……638898。”那男人答，“聽著，裡面的私鑰是真的，我……我只求你們給我一條生路。”

小寶並沒有因此動了惻隱之心，反而猛踩對方的傷腳，淒厲的叫聲瞬間劃破天際。

“有字符串。”成田駿查過後答。

“你現在拿著U盤回去，老闆會做進一步指示。”小寶說。

“那他……”成田駿望著地上的可憐人，“怎麼辦？”

“這你就不用管了。”

成田駿火速拿著U盤回去交差，蕭老闆讓他在房間外把守，任何人都不得闖入。

兩個多小時後，蕭老闆開門，命令他去支援小寶。

“現在？”他問。

“當然是現在。”

於是成田駿又風馳電掣地趕回別墅地下室，結果看到了他這輩子都無法忘記的血腥場面。

"還杵在那兒幹嘛？快過來幫忙！"小寶說。

後來他倆合力將屍塊放進數個行李箱內，接著清理現場。等拋屍完畢，小寶要他往北邊跑。

"什麼意思？"成田駿問。

"就是分開逃亡的意思，你往北，我往南，等候進一步通知。"

在"亡命天涯"的日子裡，成田駿每天都像驚弓之鳥，這一"放逐"就是五個月，還好蕭老闆仍按時發放工資，至少溫飽不成問題。

"回來了，小成。"蕭老闆拍拍他的肩膀，"辛苦你了。"

"我回來是想辭職。"成田駿答。

"辭職？"蕭老闆露出謎樣的笑容，"你到哪裡找這麼好的工作？何況我還要替你加薪呢！"

"不了，再多錢也不幹。"

蕭老闆沉默一會兒後，同意他辭職，不過得留下一些東西。

"什麼東西？"他問。

"起碼也得是胳臂或腿，手指太小兒科了。"

成田駿聽完，脊背發涼，這也太狠了！

"以前有個傻小子叫小彭，"蕭老闆繼續說，"他真的自斷手臂，可惜最後還是死於車禍，屍首異處，慘哪！"

成田駿心頭一驚，接著問小彭是不是也是孤兒？

"是的，看來你開竅了。"蕭老板答。

成田駿是開竅了，可是這並沒有解救他，相反的，他像掉進了泥沼中，越陷越深……

往後的日子裡，成田駿跟著小寶又幹了幾票，只是地點改在東南亞，手段也更加殘暴，直到有一天小寶忽然人間蒸發，成田駿這才重新審視自己的處境。

"小成，我給你找了個見習生，叫小顧，你好好帶他。"蕭老闆說。

"小寶呢？"

"他和一個姑娘私奔了，哈哈……"蕭老闆笑得很放肆，"那姑娘可憐，原本不必那麼早死。"

成田駿不寒而慄，這是宣告小寶和他的女友皆已不在人世，同時也預告成田駿從此得充當劊子手（以前的虐人和殺人任務皆由小寶一人執行，現在看來得換人了）。不諱言地說，成田駿因此陷入無休止的抑鬱和焦躁之中。

"小成，我們已經跟蹤這個人有十多天了，還要跟多久？"小顧問。

"你是見習生，就別多問了。"

五天後的傍晚，成田駿要小顧晚餐別吃太多，因為今晚要動手了。

"動手？你該不會想打劫吧？！"

"別問了，到時候聽我的命令行事。"

當成田駿拿槍指著"目標"的太陽穴時，小顧嚇得兩腿發抖，差點兒就把吃下去的晚餐給吐了出來。

"把私鑰交出來！"成田駿對跪著的人說。

"兄弟，我可以給你們50萬……不，兩百萬，馬上就給，請放過我。"

成田駿把槍彈推進槍膛，接著把槍口對準"目標"的腦門，那人立馬慫了，主動交出私鑰。

"小顧，你到大門外把風，我不希望你看到血腥場面。"成田駿說。

小顧巴不得躲得遠遠的，一聽到"特赦令"，跑得比誰都快。

當由遠及近的警笛聲傳來時，小顧急著跑回屋內喊人，這才發現小成已不知去向，而"目標"則躲進廁所等待救援……

此次背叛讓蕭老闆大為光火，憤而發出全球追殺令。成田駿早有準備，拿上買來的假護照（護照上的名字叫雷駿），開啟了大逃亡。

由於這是跨國做案，加上成田駿不再使用原來的銀行卡和支付方式，警方抓人變得異常困難，只能將矛頭對準小顧和小顧口中的蕭老闆……

小顧後來以共同犯罪的罪名被起訴，最終被判入獄六個月，蕭老闆則成了漏網之魚（他已早先一步逃到國外），從此有家歸不得，還上了國際通緝犯名單。

新仇加舊恨，蕭老闆對成田駿的恨意與日俱增，到了不共戴天的地步。

反觀成田駿，雖然他有用不完的錢，但為了躲避追殺，不得不夾著尾巴做人，搬家也成了常態（他從未待在同一地點超過3個月）。

或許一成不變的"流浪"生活令他感到厭倦，也可能某個瞬間喚醒了他內心最柔軟的部分，反正當成田駿看到被猴咬傷的中國同胞時，儘管一再告誡自己別多管閒事，最後還是伸出援手，而在兩日的相處中，他意外發現這個女人有個"有趣的靈魂"，可怕的是當別離到來時，他竟心生不捨，以致做了個大膽且衝動的決定——登上隔天下午兩點二十分飛泗水的航班。

"希望她不要誤會我別有用心才好，" 他心想，" 我不過是在無聊的生活中添加一點兒變化而已。"

第十一章／天命

下機後，謝小桐推著行李走向出租車櫃檯，服務人員說有包車和拼車兩種方式，包車是85萬印尼盾，拼車是按人頭計，每人18萬印尼盾。

正當謝小桐躊躇時，一個男人走了過來，問她怎麼沒讓酒店接機？

謝小桐花了好幾秒鐘才回過神來，因為此人的頭髮被藍色印花頭巾包裹住，看起來有點兒頹廢青年那味兒，導致她沒在第一時間認出來。

"你怎麼在這裡？"她問。

"我被房東趕出來了。"雷駿答，"想著妳在泗水，索性就跟過來看看。"

"看什麼？"

"看……看妳在幹嘛。"

謝小桐被這無厘頭的回答給整無語了，果斷無視，轉而告訴櫃檯她要拼車，地址是某家青年旅舍。

雷駿頗為尷尬，轉身就走。

謝小桐大鬆一口氣，她可不想再與這個只認識兩天的男人有任何瓜葛。

約莫半小時後，終於來了位拼車客人，這次司機不再等候，直接開車。

到達目的地之後，謝小桐即刻辦理入住，還好房間沒想像中糟糕，她放下行李後便下樓喝免費的咖啡。等喝完咖啡又跟父母報過平安，這才走出青旅，好巧不巧，竟再度與雷駿踫上了。

"你跟蹤我？"她有些惱怒地問。

"跟蹤？不不不，我就住在馬路對面，正想去吃泗水最有名的牛骨湯，結果在這裡遇到妳。"他望向謝小桐身後，"妳住這兒？"

"......嗯！"

"那麼後會有期了。"

雷駿才走出去不到十米，謝小桐就跟了過來。

"你說的牛骨湯貴嗎？"她問。

"我去的這家，當地人也會去，應該不貴。"

"那......"

"一起去吧！我正缺個飯搭子。"

所謂的飯搭子乃現代年輕人的新型聚餐方式，只要想在同一家餐廳吃飯，並且願意平攤費用，就成了彼此的飯搭子。

後來他倆來到一個街邊小店，吃到"傳說"中的牛骨湯（其實就是用牛骨、牛肉和好幾種香料熬煮而成），好吃是好吃，不過謝小桐更青睞另一道用牡蠣和海藻煎成的餅，外型像個圓形的零錢包，還是鼓起來的那一種。

這餐一共花費 1 4 萬印尼盾，也就是人均7萬，折合人民幣約35元。

" 有飯搭子真好，" 雷駿說，" 既能吃到比較多的菜式，還能平攤風險。"

" 平攤風險 ？"

" 嗯！萬一點到不喜歡吃的，也許對方會吃掉。"

謝小桐聽完，哈哈大笑。

" 妳笑了，代表我說的沒錯，怎麼樣，想不想進一步當我的旅遊搭子？" 他問。

謝小桐收起笑臉，開始正兒八經地思考起這個問題——眼前的男人說他被房東趕出來了，她並不十分相信，除非他幹了十惡不赦的事，而這更加可怕，不是嗎？話說回來，她也不認為他是個壞人，如果真要使壞，在峇里島時就可以動手，無需等到現在。

" 我還不是很清楚。" 她誠實回答。

於是雷駿問她打算在泗水待幾天？當得到四天的答案時，他提議把決定權交給老天爺，如果往後四天他倆還能再見面，代表天命不可違。

" 你的邏輯好奇怪啊！" 謝小桐又笑了，" 不過也好，反正不會再見。"

他倆道別後，一個向左走，另一個向右走，很快便消失在夜色中……

第十二章／說風就是雨

離開峇里島時，謝小桐的口袋裡還有近三百萬印尼盾，沒料到抵達泗水後的第一天就花掉4o萬，而未來還有四天，如果按照這個花錢速度，馬馬虎虎尚能應付，就是別"節外生枝"，否則可能回不了家……

" Cheaper?" 謝小桐問。

" No, sorry." 旅行社的人答。

謝小桐諮詢的是布羅莫火山一日遊，最便宜的也要一百萬印尼盾，還不包括其他開支，好比小費或騎馬上山（如果不騎馬，那代表全程得靠腳力，從山下爬到火山口）。

思量再三，她仍感覺不妙，如果咬牙付了這筆費用，剩下的印尼盾不多，她實在沒把握能支撐到最後。

當她從旅行社走出來時，心情真是難以言喻，因為泗水有名的景點全在郊外，光交通費就是很大的一筆開銷，但運動員的執著又告訴她別輕言放棄，以致左右搖擺。

等她暮氣沉沉地回到青旅，赫然發現雷駿就在大廳，腳邊還有個行李箱。

"你怎麼在這裡？"她驚訝問道。

"我是來告別的。"他看了一眼時間，"我的網約車已經在路上了，妳若再晚點兒回來，我倆可能就見不著了。"

"告別？你不是昨天剛到？"

"我也沒辦法，因為得上菲律賓一趟。"

謝小桐心想怎麼說風就是雨？結果下一秒，雷駿竟塞給她一沓紙鈔，說："我用不上印尼盾了，換錢又麻煩，乾脆給妳得了。"

"不，"她把錢推回去，"我奶奶說......"

"妳奶奶說收下不屬於自己的東西，最終都會以別種形式失去更多。"他把謝小桐想說的重複一遍，"放心，我不打算把錢要回去，妳若覺得不妥，就當是向我借，以後有機會再還。"

謝小桐的確需要這筆錢，遂問他的聯繫方式。

"我沒有聯繫方式。"他答。

"那......那我怎麼還你錢？"

雷駿想了想，反正不需要這筆錢，於是建議她把錢捐給孤兒院，就當是還他錢。

"孤兒院？"她揚起聲，"現在騙錢的機構可多了去，我怎麼知道哪個才是真的？"

"那就捐給大愛園吧！大小的大，博愛的愛。"他往青旅外望去，"抱歉，我的網約車到了，現在就得走......等等，妳叫什麼名字？"

謝小桐心想——你終於想起要問我的名字。

“謝小桐，大小的小，梧桐樹的桐。”

“謝-小-桐。”他複述，“我記住了，後會有期！”

於是謝小桐眼睜睜地看著那人過馬路、放行李、上車，再眼睜睜地看著車子開走，心中總感覺哪裡怪怪的，但又說不上怪在哪裡。

“算了，別想了，我還是上旅行社付費吧！也許還趕得上加入明天的旅遊團。”她對自己說。

第十三章 / 復仇

當雷駿告訴謝小桐"把決定權交給老天爺"時，其實心裡已經盤算好明天要如何與她來個"不期而遇"，豈料計劃趕不上變化，臨睡前的他忽然發現有個人正用望遠鏡對準他的房間，這個突發狀況讓接下來的發展產生變數。

次日，雷駿精神萎靡地來到餐廳吃早餐，當取走現煮的雞湯麵時，一名亞洲人撞了他一下，導致湯汁灑了出來。

雖然對方是過錯方，但雷駿還是問候一句："Are you ok？"

"Ok.Ok."那人拍拍他的肩膀，"好好享受你的早餐吧！"

對方改用普通話說，讓雷駿很是不安。等他回到座位上，立即左右張望，很快便與撞他的男人有了眼神上的交會，後者舉起桌上的橙汁，向他點了個頭，似乎在向他致敬。

"難道是我想多了？"雷駿心想。

哪曉得下一秒，坐在男人對面的男人便佯裝對同桌開槍，"中槍"男人也很配合，雙手捂住胸口，露出無比痛苦的表情。

沒等雷駿從震驚中清醒過來，"開槍"男人便轉頭了，這一"露臉"，雷駿立刻頭皮發麻，因為此人正是昨晚偷窺他的人。

此時的雷駿哪顧得上吃，他立馬回房收拾行李，同時叫了網約車（他怕酒店外的出租車司機也是同夥之一）。

等他退完房，走到酒店外等候網約車時，忽然想起住在對面（青旅）的女人。

"她的身上沒多少錢，應該很焦慮，我索性就江湖救急吧！"他心想。

給了女人錢後，他坐上網約車直奔機場。

雖然雷駿告訴謝小桐此行的目的地是菲律賓，其實是聲東擊西，他真正要去的是緬甸，這個國家從2021年內戰以來就沒安定過，正好容他矇混過關……

與此同時，住在柬埔寨的蕭老闆也已得到情報——成田駿化名雷駿，給了一個女孩東西後，搭機飛往緬甸。

蕭老闆沒忘記成田駿帶給自己的麻煩，吞了他的錢不說，還讓他上了紅色通緝令，現在他成了國際刑警關注的焦點，此深仇大恨怎能用一顆子彈解決？怎麼也得讓那小子在恐懼中慢慢死去，就像玩弄一隻受驚的老鼠一樣，直到對方吐出錢來，再將他剁成肉醬餵狗吃，這才是復仇的最高境界！

"你們一個跟著女孩，另一個跟著成田駿，隨時向我彙報。"蕭老闆下完命令，立即撲向床上的女人。

"整天打打殺殺的，你不嫌累？"女人嬌滴滴地說。

"累啊！所以才需要妳這朵解語花。"他湊上嘴去，"待會兒別哭爹喊娘，這裡沒人鳥妳！"

第十四章/又一個奇怪的男人

兜裡有了錢，謝小桐立即報了包含兩個景點的行程（除了布羅莫火山，還加了伊真火山）。按照旅行社的安排，光從泗水到布羅莫酒店就佔用一天，而她沒有那個時間去損耗，因為大後天就得回中國了。

討論的結果是——當天夜裡十點從泗水出發，四個小時後（也就是隔天凌晨兩點）抵達布羅莫酒店，剛好與前一天從泗水出發的旅遊團銜接上。

依據這個行程，顯然少了一天的住宿費，但該收的錢可一分都沒少，因為旅行社專為她一人提供了交通工具。

換作兩個小時前，謝小桐肯定會叨唸幾句（怎麼也得砍砍價，收回一些才行），但現在不一樣了，果然有錢能把格局打開，不再斤斤計較。

付了旅行團的費用後，謝小桐吃了一頓豐盛午餐，然後回青旅補眠。這一睡就到了傍晚，她稍微梳洗一下後便四處溜達，既吃了晚餐，又找了家咖啡店上網。轉眼間，時針指向十點鐘，來接她的司機是一位瘦小男人，膚色是她見過的印尼人中最黑的。

"No coat？" 司機指著她的背包問。

"No, it's hot."

雖然已是夜裡十點，但泗水的天氣還是悶熱的（想必山上也冷不到哪裡去），所以謝小桐只帶了一件衛衣、一瓶水和兩條能量棒便上路了。如今司機問她怎麼沒帶外套？她想當然爾地回答天氣熱（這不明擺著？）。

司機欲言又止，最後還是把話吞下，兩人隨即上車。

從泗水到布羅莫酒店的車程約四小時，謝小桐原本沒想睡（已經睡了一下午），但在車子的搖搖晃晃中，她迷迷糊糊地又睡著了，再睜眼時，車子已停下，司機卻不在駕駛座上。

謝小桐左右張望，發現道路兩旁是深不可測的樹林，而身後約一百米處則停著一輛開著大燈且未熄火的車……

幾分鐘後，司機重回車內，接著踩油門上路。謝小桐注意到方才的那輛車也跟上了，而且一直與她所坐的車子保持一定的距離。

"That car……" 司機望向後視鏡，"strange."

謝小桐也覺得奇怪，但她安慰自己一切只是巧合，因為他們能在此時上路（不管任何理由），別人也能，就像司機忽然尿急以致路邊停車，別人不也一樣可以？

又過了兩小時，四周的建築物逐漸多了起來，謝小桐提著的心終於可以放下，畢竟女性單獨搭車，危險係數還是比較高的。

沒多久，司機在某家"停著多輛麵包車和站著三三兩兩遊客"的酒店前停下，說："You speak to green hat."

謝小桐一下子就看到戴著綠色棒球帽的導遊，於是下車去。

"妳的外套呢？"導遊一見她就問，說的是怪聲怪調的普通話。

謝小桐指指她的背包，導遊便不再"多嘴"，分配4號車給她，同車的還包括2白1黑。

與"車友們"打過招呼後，來自肯尼亞的Joash問她不冷嗎？

其實在等4號車時，謝小桐就已經穿上衛衣，但與周圍的人一比，仍顯單薄。

" I'm ok." 她答。

當車子開到中轉站時，所有乘客下車轉乘吉普車。接下來的車程只有半小時，但沿路很顛（現在終於知道為什麼要轉乘吉普車了），謝小桐感覺整個胃都在翻騰，更慘的是此時寒氣逼人，她已經顧不上矜持，抱緊雙臂死命往Joash的身上靠，好獲取一些熱量。

" Are you ok ？" 老黑又問。

她仍答ok。

話甫歇，坐在車內的洋女人說了幾句，引得哄堂大笑。

謝小桐直覺他們在笑話她，所以正襟危坐，不再表現出柔弱的一面。

等車子一停下，她第一個跳下車，直奔小賣部買大衣（雖然牌子上寫著"Coat for Rent"，但謝小桐直接買下，因為還有另一座火山要去，她不想再凍成狗），接著又吃了一碗熱騰騰的泡麵，才算暖和一些。等再次上路，謝小桐已沒有之前的狼狽，可是這並不表示危機解除了，因為當車子在日出觀景臺停下時，由於海拔更高、寒意也更加濃烈，即使已經穿上大衣，風仍像針一樣，刺得謝小桐瑟瑟發抖。

"還好買了大衣，否則我很可能凍死在這裡。"她心想。

此時，一名男人走了過來，在離她三大步遠的地方停下，剛好擋住呼嘯而來的風。

謝小桐刻意看了那男人一眼，確定不認識後，基於某種"道不明"的第六感，她開始轉移陣地，可是不論她怎麼移動，那男的總在她身邊徘徊，這讓謝小桐感到不安。

凌晨五點剛過，天邊終於裂開口子（太陽露臉了），伴隨的是各種拍照和讚歎聲。謝小桐以為起碼得再等十幾分鐘，太陽才會露出"全臉"，豈料不到兩分鐘便完成整個日出儀式，很是出乎意料。

05:35，導遊開始喊人下山，因為要去的火山在另一個山頭。

於是吉普車又一路顛過去，當抵達布羅莫火山腳下時，導遊宣佈有兩種上山方式，一是步行，二是騎馬（有人牽著），全程約1.8公里。

謝小桐是運動員，身體素質比一般人要好，小小的徒步算不了什麼，但得知那個奇怪的男人也選擇徒步後，謝小桐在最後一分鐘改主意，為此還付了40萬印尼盾，哪知馬兒並不上火山口，最終的兩百個臺階仍得靠自己爬上去。

既來之，則安之，此時謝小桐也只能下馬徒步。當上到火山口時，那低吼的聲音讓人聯想起"大地的脈動"，而煙霧瀰漫的山頭則宛若仙境，她感覺所有的辛苦都化為雲煙。

等導遊幫每個團員都拍完照，一行人開始往回走，當來到山腳下時，時間約在早上八點，吉普車又一路顛回中轉站，再換乘麵包車回到酒店（感謝老天爺！那個奇怪的男人並沒有跟著一起回酒店）。等所有人都吃過早餐，並且稍作休息後，導遊便帶領他們前往下一站——伊真酒店。

“希望不會再遇到那個奇怪的男人。”謝小桐祈禱著。

第十五章／障眼法

蕭老闆讓阿輝、阿倫兩兄弟分別跟緊那對男女，哥哥阿輝自作主張，讓弟弟阿倫跟著女的。

這個決定讓阿倫很是緊張，因為他對女人有恐懼症（對視超過五秒，立馬臉紅），所以很不明白哥哥為什麼要把最棘手的事派給他，但他還是聽命行事，目睹那個女的搭車到布羅莫酒店，再上吉普車，接著買大衣、看日出、騎馬上山、爬至火山口拍照、下火山等。

當那個戴綠帽的導遊把一行人送回布羅莫酒店時，阿倫留在自己的車上小寐。等那群遊客再次出發，他又跟上，這一開就是五個小時，當抵達伊真酒店時，阿倫覺得體內一股酸水往上冒，一開車門便往外吐，實在太遭罪了！

由於午夜12點又得啟程（聽導遊用生硬的普通話對團員們說），阿倫決定吃頓好的，再抓緊時間小睡一下，免得到時候在路上頻頻打盹兒。

當阿倫正吃著椰奶燉煮的米飯和炭火燒烤的馬鮫魚時，一個女人走了過來，嚇得他差點兒哽住。

"講中文嗎？"那人問。

"......嗯！"

"太好了！"女人坐下，"為什麼跟蹤我？"

阿倫真不知該如何回答這個問題，半小時前他的確跟蹤了，但現在是他的吃飯時間，談不上跟蹤。

"我......沒跟蹤。"說完，他感覺自己快掛了，不僅心跳加速、手心也開始出汗。

"還說沒跟蹤，從泗水一路跟蹤過來。"她停頓了一下，"別想否認，我認得你的車。"

這可怎麼辦？承認與不承認都很難自圓其說。

"我......身不由己啊！"他答。

"身不由己？莫非......莫非你是舅舅派來的？"

阿倫一時迷糊，難道蕭老闆就是女人口中的舅舅？

"我也不清楚，可能......是吧？！"

男人的模稜兩可在謝小桐聽來卻是"板上釘釘"，她想當然爾地把眼前人與舅舅的保鏢劃上等號，所以當服務員端著食物左右張望時，她自然而然地招手，意思是——我換位子了，請把食物端到這裡來。

這不是阿倫想要的，但他開不了口讓女人滾，既然避無可避，他決定先摸底，倘若能套出點兒有用的信息，也好早點兒擺脫這個女的，不是嗎？

"妳一個人旅行不怕嗎？"他問。

"怕呀！但不入虎穴，焉得虎子？"她答。

"之前也是一個人旅行嗎？"

“之前？”她想了想，“如果你指的是峇里島，當然是。”

“沒遇到奇怪的人？”

謝小桐又想了想，除了眼前這位“曾被她誤會是奇怪的人”之外，就只剩雷駿了。

“是有啊！但我不想談論他。”

“他？”阿倫心想果然與他猜測的一樣，“我這樣問好了，那男的給了妳什麼東西？”

謝小桐忽然來氣，此人雖是舅舅派來保護她的，但管的未免也太寬了？！

“我吃飽了，”她站起身來，“你慢用。”

女人點的是一盤包含各種菜葉子的沙拉，另有一盆印尼特有的米餅，這兩樣都沒怎麼動過。

“菜還剩這麼多，怎麼就吃飽了？”他問。

“請搞搞清楚，你的身份是保鏢，不是我爸，就算是我爸，他也管不到我吃不吃東西。”

女人走了之後，阿倫傻愣在位子上，心想怎麼自己就成了保鏢？

回到酒店房間的謝小桐立即發起語音通話，要求舅舅現在、立刻、馬上把保鏢召回，口氣相當不爽。

“小桐，我不知道妳在說什麼，我的保鏢一直跟著我，哪裡也沒去。”她舅舅答。

“你……你沒另僱保鏢保護我？”

“沒，”她舅舅停頓了一下，“妳是不是遇到什麼麻煩了？”

"沒有。"謝小桐很快否認,"哈!我不過是開個玩笑,你別在意啊!祝舅舅天天開心。"

掛斷後,謝小桐不由自主地全身打顫,如果跟蹤她的男人不是舅舅派來的,那麼他是誰?為什麼還提到雷駿?

當午夜十二點一到,導遊把遊客一一趕上車,接下來是兩小時的車程外加兩小時的徒步。

等一行人抵達火山口往下看時,導遊解釋這藍色的火山岩漿乃因燃燒硫磺所致,其產生的二氧化硫在高溫下會發出藍色光芒……

阿倫邊聽解說邊看著人群中的駝色連帽大衣背影,心想怎麼這個女人好像變矮了?他記得她的大衣下襬離地約有十公分高,可是此時此刻卻快拖地了。

當眾人移駕到旁邊的火山湖時,無不發出讚歎聲,因為那藍色的湖水美得很不真實,像宮崎駿動畫片裡才會有的場景……

"幹!"阿倫忽然大喊一聲,接著持續重複,"幹幹幹幹幹……"

"大哥,"一位中國遊客開口了,"這時候請不要用不文明的字眼。"

"滾!"阿倫用力推開那名遊客,"誰是你大哥?"

當阿倫氣沖沖地離開後,大夥兒開始交頭接耳,包括那位穿駝色連帽大衣的程小姐。

幾個小時前,謝小桐將大衣送給同車的程小姐,理由是自己有要緊事,得馬上回泗水,大衣就不需要了。這正中程小姐的下懷,因為她的薄夾克抵擋不住凜冽的寒風。

"那男人可真怪!"程小姐說,"竟然用髒字形容美景。"

第十六章 / 前功盡棄

當其他團員抓緊時間補眠時，謝小桐找到導遊，表示自己要取消接下來的行程。

“現在取消的話，費用是不退的。”導遊打著哈欠說。

“我知道，也不打算要。對了，我另有一件事相求。”她左右張望，確認無人後繼續說，“如果有人跟你打聽我的消息，譬如護照信息和手機號碼等，請不要給。”

導遊感到莫名其妙，誰會那麼無聊打聽這個？但還是答應下來。

“你信阿拉嗎？”謝小桐忽然來上一句。

“我是回教徒，當然信奉真主阿拉。”導遊答。

“也就是說我可以完全相信你的承諾，對吧？”

導遊聽完，立馬黑臉，謝小桐也意識到自己說話不得體，趕緊道歉，同時塞了好幾張票子到導遊手裡。

“妳這是幹什麼？”他問。

“因為麻煩到你，所以給點兒小費。”

"太多了。"

"不多，你收著。"她看了一眼手機，"我叫的車到了，我走了，再見！"

這名團員離開後去了哪裡，導遊並不清楚，也不關心，可是當他把其他團員送回泗水後，真有人向他打探起這位團員。

"沒有。"導遊答。

"你再看仔細點兒，"阿倫把手機照片再次遞過去，"這個人明明參加你的旅遊團。"

導遊認出說話的男人，每當他向團員介紹景點時，這個人總蹭過來白聽，連個小費也沒給。

"我說沒有就是沒有，你怎麼聽不懂？"

話甫歇，導遊的手裡被塞進幾張皺巴巴的票子，目測少於20萬（比謝小桐給的少得多）。

"拿回去，"導遊把錢退回，"別再煩我！"

為了確保萬無一失，回到車上的導遊立即把謝小桐的個人資料撕毀，連點名單上的信息也用有色筆塗去，能做到這個份上，也算是鞠躬盡瘁了。

至此，謝小桐這邊算是斷了線索，哪知男的那邊也沒了消息，因為成田駿一過海關就進了機場男廁，阿輝在外面等了約有一刻鐘，仍未見人出來，進去一探，發現裡面的人全不是他要找的。見狀，他立即衝向行李提取處，還好成田駿的行李尚在轉盤上，他決定守株待兔，怎料再一次被戲弄，因為成田駿採取"斷臂求生"的方式，連行李也不要了。

這麼折騰下來，就算有十個成田駿也全跑光了。

如此糟糕的表現當然讓蕭老闆大為光火，他立即開了這兩個無用的傢伙，不帶一絲猶豫。

等阿輝、阿倫兩兄弟灰溜溜地離開後，蕭老闆走向窗口，窗外寸草不生。

"幹他娘的！我就不信找不到成田駿這個王八蛋。"蕭老闆憤恨地想著，手裡的掌珠被他盤得咔咔作響。

（註：掌珠又叫文玩核桃，人們在擠壓、揉搓、轉動核桃的同時也促進經絡氣血循環、間接提高手指的靈活性和協調性，所以從古至今就有"核桃不離手，能活八十九"的說法。）

第十七章／保育員

謝小桐回到省隊後，發現一切如常，彷彿過去十幾天的
"無端消失"從未發生過。

當她做完3組強度訓練，正在池邊休息時，教練來到她
跟前，說："全運會的參賽名單上沒有妳的名字。"

"那挺正常的。"她答，"再一個多月就是全運會了，我
又剛從腰背拉傷中康復。"

"省隊名單上也沒妳的名字。"教練接著說。

"什麼意思？"

"原因還需要我告訴妳嗎？"

謝小桐當然清楚這是"私自離隊"的下場。

"還有轉圜的餘地嗎？"她問。

"有，妳寫檢討書，並且向這裡的每一位工作人員和隊
員當面道歉。"

謝小桐問為什麼還得向隊員道歉？教練答因為她做了最
壞的示範。

"就這樣？"她又問。

教練想了想，答："我看妳還是回市隊合適，強扭的瓜不甜。"

"想勸退就早說嘛！"謝小桐把手裡的毛巾扔地上，驟然站起，"兜一大圈，有意思嗎？"

離開省隊後，謝小桐並沒有向市隊報到，而是回家啃老去（期間還抽空上醫院做複診，以防在峇里島被猴咬傷後，留下可怕的後遺症）。

針對此選擇，她父母既沒說不，也沒說可。

某天，電視上實時播放全運會的游泳比賽項目，她母親隨口一問："小桐，妳怎麼沒參加比賽？"

"我……退出省隊了。"她答。

"什麼時候的事？"

"一個多月前。"

"這麼說妳已經待在家裡一個多月了？"

謝小桐無語了，她每天換著花樣煮三餐，這是煮了個寂寞？

是這樣的，打從奶奶去世後，家裡便改由父親掌廚或點外賣吃。以前謝小桐只是偶爾在家，吃吃父親拙劣的廚藝或衛生堪憂的外賣尚可接受，但離開省隊後，她無處可去，只能投靠父母，在"吃不好"的折磨下，她很快便決定親自下廚（這當然與"補償心理"脫不了干係，既然啃老，當然得做出相應的貢獻來）。如今母親的一席話讓她的"努力"全付諸東流，怎不令人唏噓？

"妳在乎嗎？"她問母親。

"在乎什麼？"

“在乎我待在家裡。”

“妳想待就待唄！只要不無聊就行。”

老實說，一開始宅在家裡還是挺舒坦的，但一個多月後就不是那麼回事了，謝小桐感覺自己全身上下的骨頭都僵硬了，哪哪皆不對，這不是個好兆頭。

當天父親回家後，母親便把“女兒已待在家裡一個多月”的消息給傳播出去，看父親的表情就知道他更訝異母親的“後知後覺”。

三人在吃過謝小桐“精心準備”的晚餐（可見她心中有鬼）後，父親把她叫到書房，問她對未來有什麼計劃？

“我的文化水平不行，寫文章都費勁，除了曾加入游泳國家隊這個亮點外，沒什麼拿得出手的。”她答。

“妳的意思是打算從此當無業遊民？”她父親問。

“那倒也沒有，只是我還沒想好做什麼。”

“行，我了解了，妳好好想想，想好了告訴我。”

謝小桐可不是隨便說說而已（好讓父親閉嘴），她真的努力思考未來的路。思來想去，大概也只有一身的泳技可依靠，所以她決定先當一名游泳教練，等攢夠錢再辦一所游泳學校。

當她把想法告訴父親時，父親說他任教的學校剛走了一名體育老師，也許她可以頂替上。

“體育老師？”謝小桐面有難色，“可是我只會游泳，其他不一定行。”

她母親敲邊鼓說：“試試看也好，如果真不行，再說。”

於是謝小桐同意試試，結果隔天父親下班後便帶來壞消息——學校已經找到人了，即使沒找到，也不可能僱用沒有教師資格證的人。

"我就說行不通嘛！"謝小桐如釋重負地答。

現在三人你看我，我看你，氣氛有點兒微妙。

"我看小說去了，吃飯再叫我。"她母親說完，逕直回房去。

現在只剩父女二人，謝父對女兒說："那就按照妳原先的想法去做，先當一名游泳教練，等攢夠錢再辦一所游泳學校。"

這個計劃看似可行，但經謝小桐近日來的深入了解，想當一名游泳教練首先得有救生員證書，等拿到救生員編號後才能報考。這倒不是什麼大問題，比較麻煩的是游泳教練證一年一考，考試內容包括實戰、筆試和說課（她是二級運動員，能跳過初級，直接報考中級游泳教練證，所以考試難度加大），意即這個證書不是一蹴而就，尤其還包括那可怕的筆試和說課。

當謝小桐把搜索來的信息告訴父親時，父親問她是不是想打退堂鼓？

"不是，我的意思是我得先找份兼職做，再陸續把兩本證書考出來，畢竟這段時間很長，起碼一年以上。"她答。

"那好，妳何時開始？"

"吃完飯就開始。"

當天吃完晚飯，謝小桐真的上網找工作，由於沒有拿得出手的學歷，她找的無非是體力活（譬如餐廳服務員、快遞員、外賣員等）。忽然，一則徵人廣告吸引了她的注意。

"不會吧？！大愛園在找保育員。"她喃喃道。

謝小桐沒忘記與雷駿的約定（將錢捐給大愛園，就當是還他錢），這個突來的徵人啟事讓她陷入苦惱。首先，大愛園離她家約兩千多公里，開車都能開上一整天；其次，這份工作雖然包食宿，但薪水很低，還是全職，她倒不如就近就業，再把存下的錢匯給大愛園。

然而理性分析是一回事，實際狀況是自己正處於無業狀態，謝小桐心想申請看看也好，所以還是準備了簡歷，同時不忘備註她最多只能工作一年，並且偶爾會開小差參加考試和培訓。

當按下上傳鍵後，謝小桐長舒一口氣，心想：「現在就看老天爺的旨意了。」

第十八章 / 啟程

老天爺的旨意就是讓院長發來一封錄取郵件，然後由謝小桐做決定。

當她把找到工作的消息告訴父母時，得到的是正面反響。

"可是……"謝小桐說，"孤兒院離這裡很遠，雖然包食宿，但伙食和住宿環境可能不會太好，而且薪水很低，月工資只有一千八。"

"聽起來的確條件不佳，"她父親答，"但人不能只為錢工作，還得做有意義的事，我認為妳選了個了不起的工作，我支持妳！"

"是的，"她母親接著開口，"孤兒已經沒有父母了，妳去了就是他們的親人，記得要把愛傳遞下去，別讓這個世界又多了一個簡愛。"

"簡愛？"

"嗯！簡愛是一名孤兒，年幼時被送到舅母家，過了十年悲慘的歲月，直到遇到莊園主人羅切斯特，事情才有了轉機。"

原來母親說的是小說內容，謝小桐沒讀過那本書，自然不會知道書中女主角經歷了什麼，不過她答應母親一定會善待孤兒院裡的孤兒。

"這樣就好。"她母親露出欣慰的笑容，"既然妳找到工作，我們何不慶祝一下？"

"好呀好呀！"謝小桐立即附和，"怎麼慶祝？"

"吃清粥小菜吧！最近吃的不是牛羊猪雞鴨，就是蛋、奶酪、海鮮，我已經吃膩了。"

當初把煮三餐的工作接下來，謝小桐也曾為煮什麼發愁，後來靈機一動，何不把運動員食堂裡的菜式照搬過來？沒想到並沒有讓母親滿意。

"等我搬出去住，妳想吃都吃不到呢！"她對母親說。

"飲食一向不是我的追求，何況還有外賣可點，沒什麼大不了的。"

本來謝小桐還很同情母親嫁入一個不被祝福的家庭，現在看來是嫁對了，不僅家事有旁人代勞（以前是奶奶，現在則落在丈夫和女兒頭上），也無人阻止她終日看小說，如果當初嫁的是豪門，也許就沒那麼悠閒了，不僅規矩多，人際關係還複雜，這對腦子經常不在線的母親來說，恐怕三兩下就敗下陣來，不是被退貨，就是打入冷宮，反正結局都不太妙。

"爸，你也想吃清粥小菜嗎？"謝小桐問。

"妳媽想吃，我沒意見。"他答。

後來他們三人一起上市裡最有名的粥店，點了三碗白粥加一桌子的小菜，算是慶祝謝小桐找到保育員的工作。

兩日過後，謝小桐收拾行囊，打算乘坐下午四點的火車至哈爾濱，次日再轉搭兩小時的長途大巴到大愛園。

"小桐，"她母親忽然從小說世界裡抽離出來，"妳舅舅知道妳要到孤兒院工作後，說想見妳。"

"什麼時候的事？"她看了一眼牆上掛鐘，"火車還有五個小時就要發車了。"

"不是還有五小時嗎？"她母親反問，"他家就在火車站邊上。"

"在火車站邊上"純屬胡說八道，不過離得不遠倒是事實。

"好，上火車前我順道過去拜訪一下。"她答。

第十九章／鈔能力

"小桐，妳來了。"她舅舅從房內走出來迎接，身上仍穿著居家服，"怎麼還帶著行李？"

"因為有遠行。"她答，"我坐下午四點的火車至哈爾濱，次日再轉搭兩小時的長途大巴到大愛園。"

"我想起來了，妳要去照顧私生子。"

謝小桐糾正是孤兒，不是私生子，前者是失去單親或雙親盡失的孩子，後者指非婚生子女，兩者是有區別的。

她舅舅噢了一聲後，看向客廳的古董鐘，接著說火車站就在附近，還來得及喝杯果汁再走。

謝小桐其實不願火燒屁股了才趕路，但喝杯果汁的時間是有的，於是坐了下來。不一會兒，傭人便端上甘甜的香瓜汁，喝起來清涼爽口。

"怎麼想去照顧孤兒，而不是正常孩子？"他問。

"孤兒也是正常孩子啊！只是命運不太好而已。"

"月薪怎樣？"

"不高，只有一千八。"

"一千八？那夠幹啥？"

一答完，她舅舅立即找來手機，但謝小桐的動作比他還快，除了阻止匯款外，還附加說明——人不能只為錢工作，還得做有意義的事。

"有意義的事？"她舅舅撓撓頭，"這世上還有比賺錢更有意義的嗎？只要有錢，90%的困難都能迎刃而解。"

話說得沒錯，但不是還有10%解決不了嗎？謝小桐表示她做的正是無法用金錢來衡量的工作，既助人又自助……

"小桐，妳說的我聽不懂。"她舅舅打響指，站在角落的傭人立即奉上一個精緻的盒子，"我讓妳來，是為了給妳看樣東西。"

眼前的木盒呈黃褐色，約一個鞋盒子大小，上面有金絲紋路，隱隱約約能聞到一股清香。

在舅舅的鼓勵下，謝小桐打開一看，立即被裡面的五光十色給亮瞎眼了。

"我說過等妳再大一點兒，會給妳買各色珠寶和鑽石，只要妳開心，現在正是兌現承諾的時候。"她舅舅頗為自豪地說。

謝小桐記得那個承諾，但她對珠寶首飾的興趣不大，為了不潑舅舅冷水，只好佯裝驚喜的樣子。

"這只是第一波，"她舅舅又說，"等我搞清楚拍賣行的套路，還會給妳買更多，都是貨真價實的寶貝。"

怕舅舅再度花巨資買下華而不實的東西，謝小桐趕緊表示盒子裡的東西已經足夠，無需再買，還有，她平常沒有配戴昂貴首飾的習慣和機會，家裡也沒保險箱，還是舅舅收著安全。

"那好，我幫妳收著，連同妳的星星。"

舅舅不說，謝小桐還真忘了那堆施華洛世奇八角珠水晶。

"謝謝舅舅。"她看了一眼時間，"我該走了。"

"走？妳有一整盒金絲楠木裝著的稀世珍寶，怎麼還走？"

謝小桐曾耳聞金絲楠木貴如黃金，原來不止盒內的珠寶貴，連同盒子也貴，可是即便如此，一點兒也不影響她向孤兒院報到。

見外甥女依舊不開竅，她的舅舅答："聽著，妳舅舅我的錢多得花不完，妳是唯一繼承人，真的不需要因為離開省隊而神傷，甚至遠走他鄉，因為哪怕重回國家隊，那也不過是一句話的事，，懂嗎？"

原來謝小桐的舅舅依舊認為錢能搞定一切，並且認定她一定會欣然接受。

謝小桐很想把奶奶說過的話複述一遍，但對於坐擁金山銀山的舅舅來說，作用可能不大，於是從自我角度解釋道："我不是因為離開省隊而賭氣出走，相反的，我是為了實現自我價值和完成自我夢想而遠赴他鄉，若真為了錢，倒不如上鄰近餐廳端盤子，賺的還比一千八多，何若舟車勞累？"

聽完這麼不著邊際的言論，謝小桐的舅舅心想——怎麼這丫頭跟她母親一樣視金錢如糞土？這是中了什麼邪？

"我不懂妳說的那套，既然妳要獻愛心，我不攔妳，但把我的保鏢帶上，因為安全最重要。"

月薪一千八還自帶保鏢？這會笑掉所有人的大牙，謝小桐當然反對。

"我這不是擔心妳嗎？"她舅舅又說。

謝小桐再次拒絕，但既然舅舅提起保鏢，她便問起保鏢殺不殺人？

"保鏢是保護人，不是殺人。"她舅舅答，"即便真殺了人，那也是防衛性殺人，真正殺人的那種叫殺手，不叫保鏢。"

謝小桐之所以有此疑問，乃因想起在印尼泗水遇到的奇怪男人，此人曾被她誤會是舅舅派來的保鏢。

"那麼什麼樣的人會被殺手盯上？"謝小桐又問。

"殺手只是執行任務，與其說被殺手盯上，倒不如說被付錢的人盯上，這離不開3種動機——財殺、仇殺和情殺。"她舅舅忽然感覺不對勁，"妳為什麼問這個？"

謝小桐問這個是因為懷疑雷駿被人盯上了，至於危險到什麼程度，她也沒底。

"沒什麼，只是隨便問問。"她看了一眼時間，"我真的得走了。"

"我送妳。"

"方便嗎？"

"方便，我每天就上上電腦，時間多的是，而且妳還沒看過我新買的車呢！"

謝小桐的舅舅幾個月前才喜提全球限量3臺的Zonda HP Barchetta，這次又買車，也許他還有熱情，但謝小桐已經麻木了。

"也好，我順便看看舅舅的車是什麼三頭六臂。"她答。

第二十章/周院長

幾個月前，謝小桐的舅舅曾開著全球限量₃臺的帕加尼Zonda HP Barchetta載她到機場，造成不小的轟動，與那輛有稜有角的寶藍色跑車比，眼前的這輛在外形上更加圓潤，配色也大膽，是"黑色+橙色內飾"的組合。

"嘖嘖嘖⋯⋯"謝小桐邊說邊搖頭，"真豪華啊！"

她舅舅樂呵呵地笑，很得意地說："沒辦法，我就喜歡開好車。"

據謝小桐的舅舅介紹，這輛布加迪威龍Grand Sports配備了透明車頂，時速最高能達₄₀₇公里，是跑車界的扛把子。

"如果這輛是跑車界的扛把子，那麼你車庫內的那幾輛算什麼？"謝小桐問。

"哈哈！新來的總是比較受寵，我不過是說說而已，妳別太較真。"

謝小桐同樣也是說說而已，她對車不感興趣，倒是對它的速度存疑，按理說開了十多分鐘，早該到火車站了，怎麼還沒個影呢？

"舅舅，你是不是開錯路了？"她問。

"沒開錯，妳不是想到哈爾濱嗎？我開過去就是。"

謝小桐聽完，差點兒驚掉下巴，從這裡開到哈爾濱豈不要一天一夜？這位老先生可吃得消？

她舅舅表示如果吃不消，大不了讓後面那兩位年輕人代勞。

由於布加迪威龍Grand Sports只有兩人座（同樣不具備裝載物品的空間），所以像上回一樣，舅舅的兩位保鏢連同謝小桐的行李箱尾隨在後。

"不，我不想和陌生人坐在同一輛車上。"謝小桐思考了一下，"現在就載我回火車站吧！"

"何必麻煩？我們直接上蕭山機場，妳從那裡直飛哈爾濱，3個多小時就到了，坐什麼火車？"

謝小桐這不是想省錢嗎？經舅舅這麼一攪和，錢沒省下，反倒花得更多（誰都知道在機場買機票貴多了，而她並不想讓舅舅破費）。

"不，我的火車票買了，不想浪費，請現在就掉頭，否則趕不上火車了。"她說。

在謝小桐的堅持下，兩輛車迅速掉頭往火車站開去，不一會兒的工夫便抵達目的地。

"小桐，妳不會怪舅舅吧？"她舅舅問。

"怎麼會？舅舅願意送我一程，我感謝都來不及呢！"她看了一眼時間，"糟糕！真要來不及了。"

一番手忙腳亂下，謝小桐拉著行李箱往火車站安檢處跑去……

ɪ6個小時48分鐘後，火車終於抵達哈爾濱站。

謝小桐一走出車站便長舒一口氣，這大半天的折騰可真累人，不過能省下六百多元是值得的，畢竟她的月薪只有一千八，這一省就省下約ɪ/3，不可謂不大。

"請問……妳是謝老師嗎？"一名方頭大耳的中年男子走上前問。

"謝老師？"謝小桐靈光一閃，"您……您是周院長？"

"正是。"周院長笑開了花，"還好火車沒誤點，剛好趕上吃燒餅。"

"燒餅？"

"嗯！大愛園的孩子們都喜歡吃燒餅，我來接妳，順便買一些回去。"

謝小桐心想這真是一位有愛心的院長，不僅開一段長路來接她，還替孤兒院的孩子買餅吃。

"好呀！我也嚐嚐孩子們喜歡吃的餅。"她答。

第二十一章／聽我說謝謝你

周院長的車和舅舅的車差的不止一星半點，更誇張的是
當車子急轉彎時，副駕駛座的車門竟然會自動彈開，若
不是謝小桐反應快，估計彈開的門正好擊中後方急駛而
來的摩托車……

"不好意思，嚇到妳了。"周院長驚魂未定地說，"車是
從二手市場淘來的，我知道它破，但不知道這麼破。"

"沒事，門我拉著就是，不會有問題的。"

車子左拐右繞後，最終停在一個居民區的沿街店鋪前，
門很窄，只容一人進出。

"謝老師，"周院長又說，"這是哈爾濱最有名的燒餅鋪
，妳想吃什麼就點什麼，別替我省錢哈！"

謝小桐以為這家店必然消費昂貴，以致於讓周院長說出
"別替我省錢"這樣的話來，可是結果卻大跌眼鏡，因為
店裡最貴的也不過5塊錢而已。

"要什麼？"點餐兼收銀員問。

“一個黑胡椒牛肉燒餅，一碗招牌豆腐腦。”謝小桐答。

輪到周院長，他要了一塊油鹽燒餅和一碗現磨豆漿，另外還打包了40個糖燒餅。

謝小桐注意到周院長點的單價皆為1元，而自己點的，一個5元，另一個3元，合計8元。

等他倆都坐下後，謝小桐對剛買完單的周院長說：“我掃您還是您掃我？”

“什麼掃？掃什麼？”

“我把8塊錢掃給您。”

“說什麼傻話？這餐我請，算是歡迎新進老師。”

謝小桐的崗位職稱其實是保育員，可是周院長從見面起就一口一個地稱呼她“謝老師”，讓謝小桐怪不好意思的。

“周院長，我只是個保育員，算不上老師，您可以叫我小謝或謝小桐。”她說。

“不，保育員是官方說法，我們大愛園裡其實沒有保育員，全是老師，而且是燃燒自己，照亮別人的好老師。”

聽到這兒，已經不能用“不好意思”來形容，謝小桐感覺自己根本就是“德不配位”，不過一直糾著這個話題不放也沒意思，她轉問大愛園是不是有40個小朋友？理由當然是周院長買了40個糖燒餅之故。

周院長解釋大愛園裡有小朋友，也有大朋友，最小的還在吃奶，最大的已上高二，目前的人數是34個，多出來的6個燒餅，一個給黃老師，一個給張老師，一個給全老師，一個給謝老師（也就是謝小桐），一個給他自己，最後一個給師母。

謝小桐心想自己已經吃過燒餅了，怎麼還給她留一個？還有，從上述這段話中不難看出周院長的愛心不僅給了園裡的孩子們，還惠及員工和師母，可見他是一位好領導和好……丈夫。

吃完早餐，這兩人即刻上車。據周院長說，平常進出的道路不巧正在施工，所以回大愛園只能從後山進，意思是耗時會更長些。

謝小桐原本的計劃是搭長途大巴進山，周院長的忽然出現省去了不少麻煩，她心想耗時就耗時唄！她正好藉機欣賞沿途風光。

"沒問題，我是運動員出身，體力好得很！"她答。

事實證明謝小桐說的沒錯，若換成別人，這過山車似的恐怖經歷恐怕早已吐得七葷八素。

"放心，等前山的路一修好，出山進山都會變得容易很多，妳別太快下結論哈！"周院長說。

"下什麼結論？"謝小桐問。

周院長支支吾吾的，最後竟告訴她——為了歡迎她的到來，今日的午餐會很豐盛，有肉有菜還有湯。

這轉移話題的用意非常明顯，謝小桐不免有些忐忑，這該不會是上了賊船吧？！

近下午一點鐘，謝小桐終於看到一棟背倚山林的L型白色建築物，她問周院長那可是大愛園？

得到肯定的答覆後，謝小桐又問白色建築物前為什麼站著一群人？

"那是大愛園的孩子們和老師，他們站在那兒是為了歡迎妳。"周院長又答。

果不其然，當謝小桐下車後，原本精神萎靡的師生像打
了雞血似的，立馬整整齊齊排好隊，一聲令下，每個人
都引吭高歌，唱的是《聽我說謝謝你》。

送給你小心心

送你花一朵

你在我生命中

太多的感動

你是我的天使

一路指引我

無論歲月變幻

愛你唱成歌

聽我說謝謝你

因為有你

溫暖了四季

謝謝你

感謝有你

世界更美麗

我要謝謝你

因為有你

愛常在心底

謝謝你

感謝有你

把幸福傳遞……

謝小桐從未遇到過如此令人不安的場面。首先，她是新進員工，尚未做出任何貢獻，何來的感謝？其次，為了歡迎她，幾十個人曝曬在大太陽底下，還包括一名襁褓中的嬰兒，這未免也太誇張了吧？！

雖然哪哪皆不對，謝小桐還是配合著邊微笑邊打拍子。當歌曲結束後，一名紅衣女孩走過來獻花，有那麼幾秒鐘，謝小桐以為自己是地方官員，正在做例行的巡視工作……

"謝謝妳。"謝小桐收下花，接著將目光投向女孩背後一行人，"謝謝你們。"

待獻花和致謝完畢，周院長宣佈可以吃午飯了，按照慣例，由第一梯隊的人先吃，其餘的回屋待著。

話一答完，眾人做鳥獸散。

"謝老師，"周院長接過她的花，"妳先去吃飯吧！"

結果這一吃，花便不翼而飛，再出現時已是另一種樣貌……

第二十二章／掛羊頭賣狗肉

周院長說為了歡迎她這位新進人員，今日的午餐會很豐盛，有肉有菜還有湯。果不其然，桌上有豆角炒肉末、香蔥拌南瓜和黃豆芽番茄雞蛋湯。

謝小桐忍不住往孩子的那一桌望去，也是同樣菜色。

"謝老師，妳多吃點兒哈！"一位25歲上下，不施脂粉的女人說。

"謝謝！"謝小桐端起碗筷，"還不知道怎麼稱呼各位。"

話甫歇，同桌的每位同事都自報姓名，一個姓黃，一個姓張，一個姓全，與周院長說的完全吻合。

"廚房裡忙著的是前院長夫人，"黃老師繼續說，"不過我們都跟著周院長喊她師母，她是前院長遺孀。"

黃老師不說，謝小桐還以為師母是周院長的老婆呢！

"噢！那前院長上哪兒去了？"謝小桐邊吃邊問。

空氣瞬間冷了下來，謝小桐這才發現說錯話了，趕緊承認錯誤，接著表示這裡的伙食不錯，有肉有菜還有湯。

“那是因為妳來了。”張老師答，“記得我來的第一餐也還行，有肉有菜還有湯。”

其他兩位老師立即點頭同意。

見狀，謝小桐的心喀噔了一下，莫非這裡的伙食差，只有新進人員到來時才會得到改善？

雖然有疑問，但謝小桐沒有進一步打破砂鍋，而是問怎麼不見周院長一起用餐？

全老師答周院長和師母是第二梯隊，畢竟第二梯隊的孩子們也需要有人看管，而師母還得煮第二梯隊的餐，因為鐵鍋再大，一次也只夠煮20人份，加上伙食本來就不好，如果冷菜冷飯上桌，豈不雪上加霜？

這個回答無疑證實了謝小桐之前的猜測（伙食不好），她瞬間感覺不妙，緊接著問這裡能洗熱水澡嗎？

“能，不過每人限時五分鐘，用多了容易吵架，因為那代表排在後面的人無熱水可用。”全老師答。

謝小桐是運動員出身，身體上的勞累是家常便飯，但再怎麼揮汗如雨，“伙食好”和“熱水24小時供應”是基本標配，她還沒想過要如何應付這兩方面的缺失。

吃完飯，黃老師讓謝小桐跟著她，因為她得讓接替她的人熟悉一下業務。

“妳找到別的工作了？”謝小桐問。

“沒，我要到國外讀研究生。”黃老師停頓了一下，“想當初我不顧家人阻攔，鐵了心要過來，如今一年過去了，我的心態也產生變化，於是出國讀書又提上日程。”

“為什麼？這裡不好嗎？”

"好與不好，見仁見智。老實說，我是眼高手低型，也沒什麼耐心，偏偏這份工作最需要的是耐心，不過我的離開也未必是壞事，這可不，上天又送來一位小天使。"

謝小桐愣了一會兒後才意識到自己正是黃老師口中的那位小天使。

"呵呵！好歹還有另外兩位小天使陪我。"

"不，"黃老師驟然停下腳步，"張老師和全老師下個月就走，一個在月初，另一個在月底。"

聽黃老師這麼一答，謝小桐嚇得六神無主，敢情整個大愛園34名孩子都交給她管？就算是神力女超人來了，恐怕也難以招架。

黃老師寬慰她沒那麼糟糕，因為再過兩個多月就放暑假了，到時候就會有支教老師前來救急……

"等等，妳的意思是我們不止是保育員，還是貨真價實的老師？"謝小桐睜大眼睛問。

"當然，周院長沒告訴妳嗎？"

這個反問讓謝小桐寒毛直豎，她的文化課不行，拿初中數學來說，連吉格分都未必能達到，如何教學？

"徵人啟事上明明寫的是保育員，"她弱弱地答，"沒想到掛羊頭賣狗肉。再說，如果僱的是老師，這一千八的月薪未免也太摳了？！"

黃老師糾正一千八的月薪是"保育員+任課老師"的待遇，非單指保育員或任課老師。話說回來，大愛園一開始僱的確實只是保育員，因為教學有學校代勞，奈何現在的年輕人既不愛生育，又一窩蜂地往大城市跑，在生源短缺的情況下，鄰近學校被迫一一關門，大愛園只能"自給自足"，既是孤兒院，同時也是學校。

"也就是說直到支教老師出現，我一個人得負責34名孩子的保育和教學工作，甚至還得騰出手照顧一個正在吃奶的嬰兒？我的老天！"謝小桐仰天長嘆。

"怎麼會只有妳一人？"黃老師反問，"不是還有周院長和師母嗎？"

這個回答倒不如不答，周院長已兩鬢斑白，師母則老態龍鍾，她將是員工裡唯一一位"熱血"青年，這一切的一切，可真他媽的太好了！

"老師，"一名年約七、八歲的孩子向她們奔來，"王蕙玲又暈倒了。"

"知道了。"黃老師轉向謝小桐，"待會兒我照顧王蕙玲，妳負責上課。"

謝小桐一驚，上課？上什麼課？

然而話還沒問出口，黃老師便已漸行漸遠，謝小桐只能快步跟上。

第二十三章／通下水道的院長

黃老師把一名瘦小的女生從地上抱起，匆忙走出教室，此時，所有孩子的目光都轉向謝小桐。

"咳咳、"她咳嗽兩聲，"我們現在上什麼課？"

無人回應，謝小桐又問了一次，方才來喚老師去救人的小男孩終於開口："我們混在一起上課，上什麼由老師決定。"

"混在一起上課……"謝小桐喃喃道，"你們不是同一年級？"

這次的回答倒很及時，全都異口同聲地答："不是。"

謝小桐觀察一下每張臉孔，的確是有年齡上的差距。

"一年級的舉手。"她說。

有4隻小手舉起來。

"二年級的舉手。"她又說。

有3隻小手舉起來。

統計的結果：一年級4位，二年級3位，三年級5位，四年級8位，五年級2位，六年級2位。

"你們老師都是怎麼上課的？"謝小桐緊接著問。

經過剛剛的"熱身"，孩子們已漸漸不那麼生疏，他們七嘴八舌地搶答，從一個個零碎的答案中，謝小桐逐漸拼湊出概括的輪廓來。

"好，我清楚了，現在我上四年級的語文課，一到三年級的小朋友畫畫，五、六年級的寫練習冊。"

謝小桐之所以選擇先上四年級，除了四年級的學生比較多之外，原因還在於這個階段的孩子年齡不算太小，她不用特別留意遣詞用句，同時也不算太大，課程應該相對容易。

然而才上完兩則文言文，謝小桐就暗呼不妙，怎麼連小四的語文課都這麼拗口？還讓不讓她活？

"課就上到這兒，"謝小桐宣佈，"四年級的小朋友開始寫作，題目是《我的夢想》，我現在上一年級的數學課。"

還好一年級的數學只是100以內的加減法，謝小桐算是遊刃有餘，也正因信心大增，上完一年級的數學後，她乘勝追擊，把二年級和三年級的數學也一併上了，只是苦了五、六年級的學生，直到下午的課全部結束，也沒能等來上課，表面原因是時間不夠，實乃謝小桐的心裡發虛，害怕在學生面前出糗，畢竟五、六年級的課還是有一定的難度，她沒把握在沒備課的情況下還能不出錯。

一聲"下課"後，謝小桐快步走向院長室。

"謝老師，辛苦了，聽說今天下午妳獨挑大樑，第一次上課就帶6個年級，真是了不起！"周院長一見她就說。

"周院長，我有話要說……"

"放心，院裡的嬰兒由師母照顧，妳還是個未出嫁的小姑娘，由妳照顧我還不放心呢！哈哈！"

"我是沒照顧過嬰兒，不過這不是重點，而是……"

"聽著，妳只要教好院裡的孩子，其他就交給我和師母。"

話甫歇，一個孩子衝進院長室說下水道堵了。

"謝老師，我得通下水道去了，現在不通，臭味很快會飄出來，影響大家的心情。"

"當然，這件事比較重要。"謝小桐無奈地答。

"妳想跟我去嗎？"周院長忽然問。

"去哪兒？"

"看我怎麼通下水道。"

謝小桐沒看過別人通下水道，橫豎沒事，看看無妨。

"好，也許我還能搭把手。"她答。

"不，妳遠遠看著就行，這種髒活還是由我來做。"

後來他們一同走到雜草叢生處，周院長一打開窨井蓋，一股臭味隨即撲面而來，謝小桐立馬捂住口鼻。

"挺臭的，妳站遠點兒。"周院長說。

謝小桐隨即後退好幾步，可是周院長似乎不受影響，他拿起鐵鉤往裡勾了勾，勾出大件汙物後，再把下水道裡的髒東西一瓢一瓢地往外舀，再一盆一盆地倒掉，即使穿上防水塑料衣，他裸露的皮膚上仍可見汙漬斑斑。

"好了，"周院長將窨井蓋重新蓋上，接著站起，"過一會兒就沒臭味了。"

“您……”謝小桐忽然感覺鼻子發酸，“您何不找個疏浚工？”

“找過，通一次得200元，有那個錢，倒不如給院裡的孩子和老師們加餐。”

看到周院長的表現，謝小桐既感動又難受，感動是因為這年頭還能見到無私奉獻的人；難受是因為她改變不了現狀，同時“一度”想臨陣脫逃。

“謝老師，”周院長開口，“我去洗個手，再換件乾淨的衣服，妳有什麼話，待會兒上院長室說。”

“不，不用了，都是一些蒜皮小事，沒什麼重要的。”

“那好。”周院長看了一下天色，“快吃晚飯了，等吃完晚飯再批改作業，批改完妳就能休息了。”

謝小桐萬萬沒想到吃完晚飯還得批改作業，這豈不是變相加班？但一想到院長都能屈尊通下水道去，她改個作業算什麼？

“知道了，我會做好份內的工作。”謝小桐答。

“那就好，那就好。”周院長欣慰地笑了，“果然天無絕人之路，太好了！”

第二十四章／有底深淵

今天的晚餐是"餅加湯"的組合，餅是今天早上周院長買來的糖燒餅，湯則是橙色菜湯，上面還浮著幾片薄薄的肥豬肉。

"謝老師，"全老師壞壞地笑，"妳有沒有覺得這湯看起來很面熟？"

"沒有。"謝小桐再次確認，"肯定沒有，這湯的顏色很奇怪，我絕對是第一次見。"

話甫歇，同桌三位哈哈大笑，讓謝小桐很不是滋味。

"這是金針花，"張老師揭開謎底，"也是妳今天收到的花。"

謝小桐看過市場賣的金針花，它們像一根根的牙籤，而她收到的明明是盛開的黃色花朵，怎麼會是同一種東西？再說，她也無法將眼前的這盆湯與自己收到的花聯想在一起。

"是嗎？"她喃喃道，"怎麼把送我的花給煮了？"

話音一落，同桌三位又哈哈大笑起來。

“怎麼了？”謝小桐微慍，“我說的不對嗎？”

“對對對，妳說的對。”黃老師答，“這裡的每位老師剛到時都收到花，結果全成了盤中餐，好比我那會兒收到的是玫瑰花，當晚就成了餃子餡兒。”

玫瑰花餡兒餃子？這倒稀奇！謝小桐瞬間來了興致，忙問另外兩位收到什麼花？下場是什麼？

張老師答她收到的是紫色小薊，又叫刺兒菜，後來和雞肉一塊兒炒著吃。

全老師答她收到的是槐花，師母將它做成涼拌菜，還挺好吃的。

“怎麼連花都吃上了？這附近難道沒有菜市場？”謝小桐問。

此話一出，另外三位面面相覷，場面很是尷尬。

“怎麼了？”謝小桐有些膽怯，“我說錯話了嗎？”

在三位“前輩”的提醒下，謝小桐茅塞頓開，原來自己和晉惠帝一樣，說出了“何不食肉糜？”那樣的蠢話來。

“抱歉讓各位看笑話了。”謝小桐很是羞愧，“我知道孤兒院難，但沒想到會這麼難。”

“能理解。”黃老師答，“如果不是這麼難，我也不會走，畢竟這裡的孩子們都很淳樸可愛，離開還真有點兒捨不得。”

其他兩位老師跟著點頭，看來深有同感。

知道孤兒院的經濟狀況比自己想的還要糟糕後，謝小桐決定獻愛心並且試著甘之如飴（不甘之如飴也不行，錢就這麼點兒，這邊用多了，代表另一邊就匱乏了，惟有降低期待值才不會受傷害）。

然而等三位老師皆相繼離開後，謝小桐才知道有些事不是降低期待就能迎刃而解。

"這是什麼？"周院長問。

"上面寫了。"

"我老花眼，看不清楚。"

"辭職信！"謝小桐揚起聲，"我想辭職，現在、立刻、馬上！"

"妳妳妳……稍安勿躁，我是老花眼，不是耳聾。"周院長拉開抽屜，拿出一張紙，"妳看看這個。"

謝小桐匆忙讀了一遍，仍霧裡看花，周院長遂解釋給她聽，原來有人捐了一筆鉅款給孤兒院，可惜被凍結了，銀行特地發來書面說明。

"那筆鉅款該不會是上面寫的一百萬元吧？！"她問。

"正是一百萬元。"周院長答。

"錢為什麼會被凍結？"

"不知道，紙上沒說，我也不清楚。"

謝小桐接著表示就算有人捐鉅款給孤兒院，並且因不明原因被凍結，這也跟她的辭職無半毛錢關係，不是嗎？

"當然有關。"周院長說，"妳無非就是工作量太大，一時情緒失控，如果有了這筆錢，學校的軟硬體就能跟上，也請得起老師，如此一來，妳就能減輕負擔了。"

"話說得沒錯，可是錢被凍結了呀！"

"今天被凍結不代表明天也被凍結，話說回來，就算收不到錢，日後應該還會有善心人士給孤兒院捐款，所以我們還是要懷抱希望，別老往壞裡想。"

聽完，謝小桐彷彿被當頭一棒，默默收走辭職信，原因有二，一是幾個月前她曾答應雷駿把欠款當成捐款（捐給大愛園），一忙竟忘了，如今經周院長提醒，她赫然想起自己還"欠"孤兒院錢，怎麼也得把欠款還清了再走；二是她沒錢，但舅舅有錢，只要說服自己的舅舅捐款，孤兒院立馬能起死回生，她也無庸再起早貪黑，每天忙得像轉個不停的陀螺。

主意一打定，謝小桐立即給舅舅發短信，可是一天過去了，依舊無消無息，這很不尋常，於是一通電話打了過去。

"妳的短信我看了。"她舅舅答，"捐款沒問題，有問題的是我不想要妳待在那麼荒涼的地方，如果妳答應回來，我立馬打錢。"

謝小桐心想這豈不是為難人？捐款是一回事，強迫他人"甩擔子不挑"又是另一回事，怎能混為一談？

"既然這樣，"她說，"那麼10個月後你再捐款吧！"

"為什麼要等10個月？"她舅舅問。

"因為我跟孤兒院簽了一年的合同，提前毀約不好。"

"妳怎麼跟妳父親一樣固執？"他長嘆一口氣，"還是那句話——妳回來，我捐款。至於回不回來，妳自己看著辦。"

掛斷電話後，謝小桐感覺自己已無後路可退，只能往前衝，還好這是有期限的，只要熬過了就好，加油！

第二十五章／合二為一

就在支教老師到來的前兩個禮拜，周院長說他要到市裡參加一個會議，一去一返起碼得兩天，所以大愛園就交給謝小桐了。

"交給我是什麼意思？"她問。

"意思是妳就是大愛園的大家長，也就是臨時的代理院長。"

謝小桐立即敬謝不敏，她才19歲，當院長未免可笑？！

"大愛園怎麼也得有個管事的人，妳不當代理院長，難道讓師母當？"周院長反問。

謝小桐心想那也不是不可以，但話到嘴邊又吞下，改問周院長是不是兩天後一定回？

"當然。"周院長斬釘截鐵地答，"主辦方只報銷一晚的住宿費，我不可能自掏腰包。"

有了這個答覆，謝小桐安心多了，甚至還為自己畫了一個大餅——在當代理院長的兩日裡，她要坐在院長辦公室的椅子上過一把官癮。

豈料院長的椅子還沒坐熱，學生就來喊人，謝小桐瞬間又回到保育員兼教師的身份，一個早上忙得團團轉，直到午餐時間才得空坐下來吃一口熱飯，可是吃著吃著，一股既陌生又熟悉的感覺回來了，她放下碗筷衝進廚房，此時的師母正在灶前揮灑汗水。

"師母，妳的白菜燉粉條……"

謝小桐話還未說完，師母便問她是不是吃不習慣？

" 不是習不習慣的問題，而是妳的白菜燉粉條很像……很像我煮的。" 她答。

" 是嗎？我還怕沒點兒肉味不好吃，特意加了一勺豬油。"

這個回答讓謝小桐憶起半年多前發生的事，當時的她也怕沒點兒肉味不好吃，特意加入豬油，沒想到歪打正著，煮出了雷駿想要的味道來。

" 我來這裡這麼許久，今日還是第一次吃到白菜燉粉條。" 謝小桐說。

" 妳若早幾年過來就不這麼說了。" 師母解釋，" 以前我老做這道菜，孩子們只要見到餐桌上又是白菜燉粉條，無不唉聲嘆氣，但自從醫生說周院長的血脂高，得禁食豬油後，我就很少再煮這道菜了。今天恰逢周院長不在，我才又讓菜上桌，吃的是回憶。"

解開疑惑的謝小桐重返飯桌，吃飽喝足後，師母從廚房走出來對她說：" 接下來的一個小時由我照看孩子們，妳可以回房小憩一下。"

意外得來休息時間，謝小桐很開心，道謝後即離去，可是行經院長辦公室時，裡面的座機忽然大響，她遂走進去接聽，豈料對方已早一步掛了。

"搞什麼？"謝小桐嘀咕完，接著環顧四周。

眼前的辦公室不大，她已經來過不下一百回，可是一直沒細看牆上掛著的照片（從發黃的程度看，應該已有一定的年頭），此刻橫豎無事，瞧瞧也好。

於是謝小桐一張張地看去，發現照片是按照時間先後排序，最早始於1982年，當時的院長姓車，到了1993年換上了榮院長，他身邊站著的應該就是他的夫人（即現在的"師母"）。時間輾轉來到2005年，照片上的院長換上了周院長，他正襟危坐，身後站著數十位孩子，全對著鏡頭傻笑……

"那些都是老照片，可能看不太清楚。"師母忽然現身說，"您想看歷屆孩子們的大頭照嗎？"

"不，不用了……等等，歷屆？"

"嗯！這裡的孩子到了18歲就得離開，要嘛繼續升學，要嘛就業，有的日後還會回來看看，多數則從此音訊杳然。"

謝小桐恍然大悟，接著表示看看也好，於是師母搬來好幾本相冊，同時聲明上面標註的生日不一定準確，除非生父生母在遺棄子女時就已交代清楚了。

"怎麼生父生母還好意思露臉說？"她問。

"不，不是這個意思，我說的是有些父母會把孩子的名字連同生日一起寫在紙頭上，然後塞進孩子的衣物內。如此一來，大愛園至少知道被遺棄者的姓名和年紀。"

"莫非有連姓名和生日都不留的？"

"當然有，不過這就麻煩了，我們只能幫著取名，並且依據孩子的個頭大小給個差不多的出生年月日。"

謝小桐咋舌，世上怎會有如此不負責任的爹媽？

"那妳慢慢看，我去招呼一下孩子。"

師母說完後走人，謝小桐則一張張地翻看，當她翻看到最後一本時，一個"眼熟"的人影出現了。

"怎麼這個人看著像是雷駿，尤其名字裡還有個駿字？"她思考了一下，"不行，我得問問。"

一直到晚飯結束，謝小桐才覷了個空找上師母。

起初，師母表示她的腦子越來越不好使，恐怕無法回答她的問題，但一聽說問的是"成田駿"，立馬又表示知道。

"太好了，他是怎樣的人？今年幾歲了？"謝小桐問。

"怎樣的人？"師母想了想，"就是很普通的人，話不多，有點兒孤僻，至於幾歲？大概二十多吧！妳為什麼問這個？"

謝小桐解釋她認識一個叫雷駿的，長得很像成田駿，她懷疑這兩人是同一人。

"妳說的雷駿是中國人嗎？"師母又問。

"是。"

"如果確定是中國人，那麼這兩人肯定沒什麼關係，因為成田駿是日本血統，生父生母皆是日本人。"

謝小桐沒料到竟會是這個結果。

"看來我搞錯了，"她喃喃道，"原來世上真有長得相像卻毫無關係的人。"

"當然有長得相像卻毫無關係的人。"師母樂呵呵地答，"我猜妳認識的人沒有胎記，成田駿不僅有，還好大一個。"

謝小桐一聽，心裡喀噔了一下，忙問那個胎記是不是長在腰上，而且有月餅那麼大？

“妳怎麼知道？”師母反問。

謝小桐當然知道，因為雷駿的腰間就有一個月餅大小的胎記。

“我猜的。”她答，“對了，妳知道雷……成田駿現在在哪兒嗎？”

“這個真不清楚，離開大愛園的孩子就像潑出去的水，逢年過節還能問候一聲就很不錯了。再說，他們都已成年，沒必要向大愛園通報自己的行蹤。”

謝小桐立即表示理解。

“報告，”一個學生忽然闖入，“榮志偉和車百藝又打架了。”

“這兩人可真是精力充沛！”謝小桐搖頭苦笑，“師母，我過去處理一下。”

“去去去，”師母答，“我還得把麵發上，明天好蒸饅頭給你們吃。”

第二十六章/歡迎支教老師

周院長一踏入大愛園，謝小桐便迫不及待地問他記不記得成田駿？

"當然記得，"周院長放下公事包，"妳怎麼忽然問起他？你倆認識？"

謝小桐解釋她認識一個叫雷駿的，懷疑他與成田駿是同一人，所以想從周院長這裡多了解一些。

"那就難了。"周院長撓撓頭，"雖然我是院長，他是院裡的孩子，但成田駿話不多，我對他也不是很了解，除了學習成績中下，經常獨來獨往外，其他真沒什麼印象。"

"就這樣？"

周院長思考了幾秒鐘後，回答他是2005年接手大愛園的，交接時前院長曾告訴他有關成田駿的身世，並且一再叮囑得保密，哪曉得成田駿早已猜到自己的身世，他索性也就承認了。後來，成田駿離開後還曾回來探望過兩次，每次都會給孩子們發放文具和小零食，所以這裡的孩子們還很期待他的到訪。

“曾回來過兩次？”謝小桐喃喃道，“怎麼師母沒提？”

“呵呵！師母忘的事可多了，妳以後就知道。”

“那麼雷……成田駿最後一次拜訪大愛園是什麼時候？”謝小桐接著又問。

“呦！讓我想想……應該有兩、三年沒看到他了。”

聽完，謝小桐自言自語：“中國不止一所孤兒院，如果他不是成田駿，這說不通呀！天底下哪有那麼湊巧的事？”

現在換周院長好奇了，於是謝小桐道出他倆相識的過程（當然隱去難以啟齒的部分）。

“如果雷駿就是成田駿，”周院長說，“看樣子他混得不錯，又是峇里島又是菲律賓的，我最遠也就去過北京，還是出差去的。”

謝小桐同意此人的經濟狀況應該不差，否則也不會一出手就是一大疊鈔票，同時獨居（無他人分擔租金），有女傭和園丁，開的還是最新款的馬自達CX-5……

“莫非那筆一百萬元的捐款來自雷駿，也就是成田駿？”謝小桐忽然腦洞大開地問。

“不清楚，捐款人叫林靈七，一看就是假名。”周院長答。

此回答讓謝小桐產生兩個疑問，一是如果雷駿就是成田駿，同時也是一百萬元的捐款者，那麼一個無資源、無背景的孤兒要如何在短時間內累積如此多的財富？二是捐款被凍結了，倘若錢是合法途徑得來的，又怎會被凍結？

然而這些疑問都因當事者的“不在場”，最終成了“未解之謎”。

"不談這個了。"謝小桐另起爐灶，"支教老師快來了，我該準備些什麼？"

"放心，該準備的我會準備，妳只需帶他們熟悉環境即可。"周院長停頓了一下，"話說回來，這些老師都是經過培訓的在讀大學生，又是短期支教，教學能力和熱情肯定有，需要克服的是物質方面的匱乏，其他則無需擔心。"

謝小桐聽完大鬆一口氣，她正打算利用支教老師前來的這段時間裡，開小差把救生員證書給考出來，如果支教老師不能很快上手，那可不妙。

"這次有幾位支教老師過來？"她緊接著問。

"原則上五位。"

謝小桐心想五位也夠了，壓根兒就沒去細想為什麼周院長會使用"原則上"這三個字。

一眨眼，歡迎支教老師加入的日子來到，可是說好的五位卻只來了一位，還是個膚白柔弱的城市姑娘，一看就吃不了苦，謝小桐不免心中打鼓。

雖然內心有不祥的預感，但該有的儀式還是得有，等孩子們唱完《聽我說謝謝你》，謝小桐安排一名穿黃裙的女孩獻花。

"謝謝妳。"新老師收下花，接著將目光投向女孩背後一行人，"謝謝你們。"

當獻花和致謝的流程都走完後，周院長宣佈可以吃午飯了。

話一答完，學生們自動分成兩支隊伍，一隊往食堂走去，另一隊則回教室。

"魏老師，"周院長接過送給新老師的花，"妳是第一梯隊，先去吃飯吧！"

結果這一吃，花又不翼而飛，再出現時已是另一種樣貌
……

結果這一吃，花又不翼而飛，再出現時已是另一種樣貌

第二十七章 / 魏雅芝

雖然謝小桐是前輩，魏雅芝是後輩，但魏雅芝卻比謝小桐大上兩歲，現在是一名大三生，學的是金融專業，此次前來支教是為了增加生活的厚度和獲得社會實踐的經驗。

"怎麼連花都吃上了？"魏雅芝看著桌上的伙食，"這附近難道沒有菜市場？"

謝小桐有些尷尬，支支吾吾的。

"怎麼了？我說錯話了嗎？"魏雅芝有些不解地問。

"妳沒說錯，是大愛園資金不足，不得不做出一些變通。記得我那會兒收到的是金針花，後來煮成菜湯，就著甜燒餅吃。"

魏雅芝吐了吐舌頭，表示她知道孤兒院難，卻沒想到會這麼難。

"的確，如果不是這麼難，我或許會待久一點兒，畢竟這裡的孩子們都很淳樸可愛，離開還真有點兒捨不得。"她答。

"妳打算上哪兒去？"魏雅芝接著問。

"目前的計劃是等妳熟悉環境後就下山把救生員證書考出來，然後趕在合同結束前拿到游泳教練資格證，我的夢想是辦一所游泳學校。"

此話一出，魏雅芝立馬催促她走，因為考試重要。

謝小桐當然不肯，因為新老師才來兩天，屁股都還沒坐熱呢！

"放心，"魏雅芝答，"來之前我已經集訓15天，再經初審、面試和複審，是少數幾個能夠存活下來的人，所以一定沒問題。"

謝小桐也注意到魏雅芝雖然外表看起來柔弱，實則能量滿滿，而且極具耐心，天生就是當老師的料，然而就這麼把燙手山芋給扔出去，她還是有些於心不忍，遂答："讓我問過周院長再說吧！"

豈料周院長也同意，理由是學期剛結束，新課本還未送到，此時請假正好。

既然大Boss都點頭了，謝小桐沒理由磨蹭，於是轉身準備離院事宜。

第二十八章 / 擦肩而過

拿救生員證書不難，只要體檢通過再經培訓和考試，大部分人都能輕鬆拿下，只是謝小桐很小就投入游泳訓練，文化課和同儕一比，簡直落後太多，還好她是游泳界的老手，兩項成績（理論筆試和泳技實踐）一平均也就順利通過了。

"咦！回來了，這麼快？"周院長一見她便問。

"都十天半個月了，還快？可見大愛園沒有我也能運轉自如。"

"嘖嘖嘖！說的什麼話？大愛園少了誰都可以，就是不能沒有妳。妳不在的時候若不是成田駿幫忙，早亂成一鍋粥了。"

聽到"成田駿"三個字，謝小桐立即兩眼發光，忙問是不是成田駿回來了？

"嗯！他還帶來很多禮物，包括電腦、投影機、食品和日用品等。"周院長答。

"那我去找他。"

"晚了，他前天剛走。"

聽說成田駿已離開，謝小桐像洩了氣的皮球。

"其實見不見面都無所謂。"周院長解釋，"我告訴他這裡有位謝老師很可能是他的舊識，他答他從沒去過峇里島，也不認識姓謝的女生。"

雖然成田駿矢口否認，但謝小桐就是不相信，理由是以往他都是當天走（經追問後得知），這次卻待了一個禮拜，她直覺認為成田駿是為了等她才留下來，否則沒必要待這麼久，不是嗎？

"他有沒有說什麼時候還會再來？"謝小桐又問。

"這就不清楚了，他走得很匆忙，連早餐都沒吃，也許妳問問魏老師。"

知道"同事"或許能解答疑惑，謝小桐立即轉移陣地。

"不知道耶！他沒說。"魏雅芝答。

謝小桐聽完後悵然若失。

"不過他倒是曾問起妳何時回來？由於我和周院長都不清楚，他便不再提了。"魏雅芝又補上幾句。

謝小桐心想這不就對上了嗎？如果成田駿不是雷駿，何必多此一問？哎！也怪她第一次考救生員證，一切都很懵懂，但凡有個確切的歸期，兩人或許就見上面了，也就不用在此百轉千回地胡亂猜測。

"他怎麼樣？"謝小桐接著問。

"妳說成田駿？"魏雅芝想了想，"很寡言的一個人，經常板著臉，好像有什麼心事。"

"噢！"

"怎麼，妳認識這個人？"

當謝小桐回答不認識時，魏雅芝的兩眼瞪得像銅鈴似的，彷彿在問——妳尋我開心？

"我沒尋妳開心。"謝小桐答，"目前來看是不認識，但誰曉得是不是真的不認識。"

話音一落，魏雅芝的兩隻眼睛張得更大了，謝小桐趕緊轉話題，問："課都上到哪兒了？"

"我剛給高中部上完課，妳能不能去看看小學部？孩子們已經自習兩節課了。"

"沒問題，我這就過去。"謝小桐答。

第二十九章／翹首以盼

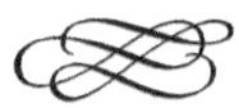

本來打算上課的謝小桐靈機一動，忽然問起了成老師。

"不是成老師，"一個孩子立馬糾正，"他姓成田，是成田老師。"

"成田？好吧！就算是成田老師好了，你們覺得他怎樣？"她問。

孩子們面面相覷，於是謝小桐給出提示（譬如外表、談吐、學識等），得到的答案是——身材高瘦、表情嚴肅、經常讓學生自己找答案、喜歡講國外的所見所聞……等。

謝小桐緊接著問成田老師都去過哪些國家？結果柬埔寨、寮國、緬甸、菲律賓、泰國等一一出籠。

"他有沒有提到印尼？"謝小桐不死心地問。

"沒有。"孩子們異口同聲地答。

"真沒有？"

孩子們你看我，我看你，場面有些撓巴。

“巴黎。”一名六年級的女生忽然答。

謝小桐像抓住救命稻草，忙問是巴黎還是峇里島？這次有兩個男生跳出來支持“巴黎”這個答案。

“是嗎？”謝小桐喃喃道，“那麼成田老師說巴黎怎麼樣？”

學生們你一言我一語，當說到“竹屋”二字時，謝小桐來了興致，問成田老師怎麼就住進竹屋了？

“那是他租的。”一名學生答，“竹屋有游泳池和廚房，但沒有廁所，如果想方便只能進樹林裡解決。”

“對，”另一名學生接棒，“成田老師還說上廁所要快，否則雪白的屁股很可能會被蛇咬上一口。”

話甫歇，惹來哄堂大笑。

“安靜安靜，”謝小桐趕緊控制場面，“成田老師是一個人住還是……他有沒有提到一個女生？”

突來的沉默讓謝小桐很是尷尬，她快速結束話題，開始上課……

一個月後，魏雅芝回大學繼續她的學業，緊接著又有兩名志願者頂上，大愛園就在愛心老師們的輪番接棒中運行著；反觀謝小桐，她也在這段期間內考取了游泳教練資格證，算是達到她的既定目標。

這一天，周院長對謝小桐說：“妳的合約即將期滿，是否要續？”

“不了，我的文化課不行，還是別禍害孩子了。”

“文化課不行，只當保育員也行。”周院長說。

“那更不行，我連自己都照顧不好，何況別人？若不是……哎！不說了，反正不行就是。”

知道留不住人，周院長遂說了祝福的話。

"謝謝！"她答，"對了，捐款收到了沒？"

"沒，一百萬元還是沒個影哪！"

"我不是指那一百萬元。"

周院長想了想，最近的確收到兩筆捐款，一筆2500元，另一筆50000元，全是無名氏捐的。

聽說捐款已收到，谢小桐興奮問道："您打算如何利用這兩筆錢？"

"當然是先改善一下院裡的伙食和住宿環境。"周院長答。

話說那兩筆捐款中的2500元是谢小桐捐的（算是還了雷駿的欠款），另外一筆五萬元則是她舅舅楊守光捐的，此人一聽說外甥女就要離開大山，樂得實現當初的承諾，殊不知"離開"是谢小桐的既定計劃，她從沒打算要窩居山上一輩子。

"太好了！這下子我總算可以安心離開了。"谢小桐說。

"哈！這提醒我到時候得為妳準備點兒什麼。"周院長答。

谢小桐心想還能是什麼？無非是全體大合照或師生大合唱，反正換湯不換藥。

"好，我翹首以盼。"她答。

第三十章／手下留情

被蕭老闆的手下盯上後，成田駿飛往緬甸，在幾個城市間轉悠了近9個月，最後破防的竟是他的中國胃(在吃了268天既酸又辣且鹹鮮並存的緬甸菜後，他太想念醬骨頭、乾腸、小雞燉蘑菇和東北燉菜了)。

成田駿的計劃是拿著買來的證件從木姐口岸入境瑞麗，再輾轉回到哈爾濱，等滿足味蕾後便原路返回緬甸，然而當他行經哈爾濱最有名的燒餅鋪後，忽然改主意——既然來都來了，何不回大愛園看看？

主意一打定，他立即買了一百個燒餅，鹹甜都有。

"小夥子，你怎麼買那麼多燒餅？"店老闆好奇一問。

"這餅是我小時候的回憶。"他答。

"那也不用一下子買那個多啊！吃得完嗎？"

成田駿笑了笑，沒回答。

買完餅的成田駿覺得還不夠，遂又上商場採購，清單上包括電腦、投影機、食品和日用品。等約好送貨時間，成田駿叫上網約車，往山上駛去。

對於成田駿的忽然到訪，周院長顯得有些慌張，他已經有兩、三年沒見到這個孩子了。

"許久不見，最近好嗎？"周院長邊示意訪客入座邊問。

"還行，我給孩子們送餅來。"成田駿坐下後答。

周院長探了探袋內東西，接著表示這些餅正好給孩子們加餐。

"我還買了其他東西，明後天應該會陸續送到。"成田駿又說。

"太感激了！我代替孩子們謝謝你。"

"哪裡，沒有大愛園就沒有我，做人總得飲水思源。"

話說得雲淡風輕，但成田駿並沒有忘記成長過程中所經歷的"陣痛"，與其說是飲水思源，倒不如說是藉"給予"來得到內心的平衡，這可以說明為什麼他會豪捐一百萬元而面不改色，毫無疑問，這是"以德報怨"和"揚眉吐氣"的心理在作祟。

"待會兒你就留下來與我們共進午餐吧！"周院長說。

"不，不用了，網約車還在外面等我，我待會兒就走。"

"上哪兒去？"

"……北京。"

"緊急嗎？"

"嗯！"

周院長隨即表示可惜，他原本想讓謝老師親自指認。

"指認什麼？誰又是謝老師？"

"謝老師是這裡的老師，"周院長解釋，"ta說ta在峇里島認識一個叫雷駿的，長得跟相册裡的你很像，ta懷疑兩人是同一人。"

成田駿一聽，趕緊撇清，表示他既沒去過峇里島，也不認識姓謝的女生……

"噢！我說謝老師是女的嗎？"周院長問。

"我……我以為……如果不是，算我誤會了。"

"哈哈！我不過開個玩笑，瞧你緊張的……實話告訴你，謝老師的確是女的，她叫謝小桐。"

不知怎的，聽到這個名字的成田駿竟然心跳加速。

此時，急促的喇叭聲傳來，應該是網約車司機等不及了。

"看來這個司機很沒耐心。"周院長說。

"是的，既沒耐心，開車還橫衝直撞。"成田駿停頓了一下，"反正餅已送到，話也交代了，是時候離開。"

然而只一會兒工夫，離開後的成田駿又踅回，理由是回北京已沒那麼緊急，他可以留在大愛園當幾天義工。

"太好了！"周院長說，"剛好謝老師請假考試去了，我們正缺人手。"

"呃……那……那她何時回來？"

"不清楚，應該很快會回來。"

結果這一等卻大大超過預期，成田駿不得不告辭，畢竟亡命之徒不適合在一個地方久待。

當成田駿的背影漸行漸遠時，周院長的內心五味雜陳……

時間跳回到兩年前的某日下午，一名警察來到院長辦公室，問他可記得成田駿？

"當然記得，怎麼，他惹麻煩了？"周院長問。

"是的，他私吞了一筆鉅款，目前被全國通緝。如果成田駿回到這裡，請拖住他，並且立即通知警方。"

"孩子犯案"大概是所有教育人員最不願聽到的消息，周院長感覺天旋地轉。

幾個月後，周院長收到一封來自銀行的信件，大意是有人匯了一百萬元給大愛園（備註欄裡寫著捐款），但這筆錢卻被凍結了。

將兩件事擺一塊兒，周院長不免懷疑——錢是成田駿匯的，因為是不法所得，所以被凍結了。

如果年輕時的周院長不曾失足過，此事好辦，把"通緝犯"交給警察便完事了，問題是他也曾迷失過，若不是當時的榮院長及其夫人（也就是現在的"師母"）將事壓下去，他這輩子算完了，只能在牢裡度過......

天人交戰七日後，周院長決定還是通知警方，豈料剛拿起話筒，成田駿便走了進來，表示自己要上北京去。

"那......路上小心點。"周院長說。

"好。"

"再見。"

"再見。"

兩日過後，周院長才撥打報警電話，警察問人呢？他答已經走了兩天。

"你怎麼現在才打電話給我？"警察氣急敗壞地質問。

"抱歉！人老了，腦筋不好使，我一忙就把你交代過的事給忘了。"

"那他有沒有說上那兒去？"

"沒。"

警察又埋怨幾句才掛上電話，周院長頓時鬆了一口氣。

"成田駿啊成田駿，"周院長喃喃自語，"我只能幫你幫到這裡，如果再上大愛園來，那就是命運的安排，屆時我只能選擇當好公民了。"

第三十一章/又一個謊言

拍完大合照又一起合唱了《聽我說謝謝你》，周院長忽然讓謝小桐發表臨行感言。

這個安排太令人措手不及，謝小桐的腦子一片空白，只能說一些不著邊際的話，好比做人要講誠信、守規矩，還要忠黨愛國，即使她離開了，大家還是要時刻銘記在心，別在關鍵時刻掉鏈子，同時不忘做一名頂天立地的好人。

等了約莫5秒鐘，發現謝小桐不再言語後，周院長率先鼓掌。他一鼓掌，所有人也跟著鼓掌，掌聲持續了很久，讓謝小桐的尷尬癌都犯了。

"謝老師的演講實在太精彩了！"周院長終於開口，掌聲也停了下來，"這些都是她的人生智慧，大家要汲取其中精華，化為自己的內在力量，這才不辜負謝老師的一番苦心和諄諄教誨。"

謝小桐懵了，周院長曾說過要給她準備點兒什麼，莫非就這？那也太……太……太驚悚了。

“謝老師，”周院長轉頭面向她，“妳還有什麼要補充的？”

“補充？沒有。”

“那好，祝妳一路順風，有空常回來看看！”

當謝小桐拖著行李箱走出來時，所有孩子都圍了上去。

“你們趕緊回去上課！”她說。

然而孩子們還是一路尾隨，直到車子發動了並且拉開一段長距離才作罷。

“這裡的孩子就是淳樸，”周院長邊開車邊說，“只要對他們好，心都能挖出來送人。”

“別說了，再說我要哭了。”

周院長看了一眼副駕駛座上的謝小桐，果然“山雨欲來”，於是轉移話題。

“給。”周院長遞過去一個信封。

“這是什麼？”謝小桐問。

“給妳的驚喜。”

聽說是驚喜，謝小桐立刻打開，發現裡面躺著一張刮刮樂。

“妳可別瞧不起這張紙，”周院長說，“最大獎有100萬元呢！”

“是不是每位離職員工都有一張刮刮樂？”

“哈！被拆穿了。”

“我以為你會直接給我一百萬元現金。”

“妳要還是不要？”周院長假裝怒了，“不要還我！”

“當然要，”謝小桐將刮刮樂放進自己的斜挎包內，“我能不能辦游泳學校就靠它了。”

見謝小桐已經甩開陰霾，周院長問她有沒有發現今天走的路不一樣？

周院長不說，謝小桐還真沒留意到方向不對，遂問：“莫非前山道路修好了？”

“正是，是不是好多了？”

“嗯！非常絲滑。”

“事實上太絲滑了，我希望後方車輛別靠得太近，因為這可是下坡路啊！”

聽周院長這麼一答，謝小桐立即轉過頭去，發現尾隨的是一輛黃色出租車。

“要不，讓後車先走吧！你這車可不經撞。”謝小桐提議。

周院長認為有理，於是打開車窗，示意後車先行，結果出租車非但沒超車，反而減速下來。

“奇怪，是我的手勢不對嗎？”周院長喃喃自語。

謝小桐又轉頭向後，方才她沒看清楚司機的長相，現在距離拉開了，更不可能辨認。

“也好，現在兩車至少保持了安全距離。”她說。

抵達火車站後，周院長匆匆交代幾句便駕車離去，畢竟火車站前只允許短暫停車。

當謝小桐站在月臺上百無聊賴地等車時，有人輕點一下她的左肩，她往左一看，沒人，隨即往右望去。

“錢還清了沒？”那人問。

看見來人，謝小桐百感交集。

“怎麼，成啞巴了？”那人又問。

“你怎麼在這裡？”她問。

“這句話應該由我問——妳怎麼在這裡？”

“你不是已經尾隨了一路？怎麼還問我？”她停頓了一下，“別否認，我看見你在黃色出租車內。”

謝小桐這麼說是為了看雷駿的反應，她其實並沒有看清楚出租車內坐著誰。

“妳的視力真好，離那麼遠也看得見。”

這個回答大大提升“雷駿就是成田駿”的機率，否則天地如此之大，雷駿為何會剛好出現在成田駿生長的山裡？

這麼一剖析，謝小桐怒火中燒，原來她被騙了這麼許久。

“為什麼跟蹤我？還有，你到底姓雷還是姓成田？”她斥問。

“我姓成田，單名駿，很抱歉對妳撒了謊，至於跟蹤……這不在我的計劃內，我原本打算回大愛園，碰巧見妳上了車，遂一路跟過來。”

後半段的解釋勉強能接受，但前半段根本就是打馬虎眼，如果連真實姓名都能隱瞞，還有什麼不能隱瞞？

當她拋出疑問時，雷駿……噢！不，是成田駿，成田駿仍顧左右而言他。見此人如此不開竅，謝小桐氣得扭頭，成田駿適時在她耳邊低語。

“真的？”她睜大眼睛問。

“真的，不信妳看九點鐘方向。”

謝小桐照做，果然看到一個穿黑衣的男人，樣子賊頭鼠腦的。

“現在怎麼辦？”謝小桐壓低聲音問。

“別慌，我們一同上火車，等車快開時再迅速跳車，如此一來就能擺脫。”

這是謝小桐第一次與臥底警察靠得如此之近，她感覺全身的血液都在沸騰。

“好，我聽你的。”她說。

後來，事情果然如同成田駿所說的那樣，他們成功擺脫了黑衣人，可是⋯⋯

“我的火車開走了，我要怎麼回家？”她問。

“這簡單，坐下一班唄！我陪妳。”

於是他倆聯袂走向售票窗口。

第三十二章／完整人生

在等車的同時，成田駿順便把自己的"警察故事"編得更加完整。

"你好厲害啊！國家緝毒的功勞簿上應該有你的名字。"謝小桐有感而發。

"不，我是臥底的，不會有名字。"

"就算那樣，你依然是偉大的。"

此時的謝小桐流露出崇拜的眼神，成田駿暗呼不妙，這不是他想要的。

"聽著，我不是完人，為了讓販毒組織相信我是自己人，我曾做過很多傷天害理的事，所以千萬別以為我是好人。"

"不，你就是好人，那些惡行不過是逢場作戲，你本人肯定也不願做麼做，所以別再貶低自己了。我現在擔心的是毒梟下了全球追殺令，你要逃到什麼時候？警方應該出面保護你才是。"

發現謝小桐完全相信自己編織的謊言，成田駿覺得可笑，忍了幾秒後，還是破防了。

"你笑什麼？"謝小桐問，表情明顯不悅。

"我笑是因為在警察眼裡我就是個罪犯，不抓我就萬分感謝了，怎麼可能保護我？"

在警匪片中，臥底警察或線人都會有個直屬的接洽人，這些人常在關鍵時刻出面澄清，怎麼到了成田駿這裡就不一樣了呢？

針對謝小桐的疑問，成田駿的回答是——他的直屬長官因公殉職了，現已無人能證明他的清白。

聽到這裡，謝小桐心如刀割，英雄反成了罪犯，這還有天理嗎？

"別難過，"謝小桐拍拍他的肩膀，"就算全世界都誤解你，還有我呢！我會一直挺你，直到天荒地老。"

成田駿從小便被父母遺棄，加上個性不討好，基本沒什麼朋友，如今謝小桐主動示好與站隊，他有莫名的感動，很想永遠保有這份信任和美好。

"謝謝！"他說，"有妳這樣的朋友，我死而無憾。"

"快別說喪氣話了！"謝小桐想了想，"你到處躲藏也不是辦法，這樣吧！你跟我回家去，過幾日，我用我的身份證件替你租個房子。"

這個提議正中成田駿的下懷，他立即點頭如搗蒜。

十幾個小時後，下了火車的謝小桐果然帶成田駿回家。面對女兒不打一聲招呼就帶回一個男人的突發狀況，謝父和謝母的反應倒是很平靜，既沒有詢問兩人關係，也沒做背景調查。

“雷先生，家裡沒有空房間，只能委屈你睡沙發。”謝小桐的父親說。

為了掩人耳目，謝小桐介紹客人時仍使用曾經的假名——雷駿。

“沒問題，能睡就好。”成田駿答。

“嘿！”謝小桐的母親忽然來上一句，“有沒有人說你長得像芥川龍之介？”

“芥川龍之介？”

“嗯！他是日本很有名的作家，代表作有《羅生門》、《鼻子》、《南京的基督》等。”

成田駿很少閱讀，當然不可能聽過這號人物。

“抱歉！我很少看書。”他答。

謝小桐的母親不死心，回房取來一本書，其中一頁是張黑白照。

“這就是芥川龍之介，”謝母向客人介紹，“旁邊那位是他的夫人。”

聞言，謝小桐和父親也探過頭去，承認的確有幾分相像。

既然這三人都說像，那肯定像囉！

“我能借讀一下這本書嗎？”成田駿問。

“當然，”謝小桐的母親答，“書本來就是用來讀的。”

當晚熄燈後，成田駿特意開了手機照明，照片上的夫妻也在盯著他瞧，如果……

這個“如果”當然不可能，光看照片的清晰度就知道雙方起碼隔了三代，但這不妨礙他把眼前的兩人設想成自己的生父與生母。

以前，成田駿總無法拼湊出自己父母的模樣，如今有了
（父親是才華橫溢的作家，長得眉清目秀，母親則有一
張滿月臉），他感覺自己的人生完整了。

成田駿滿意地闔上書，接著關了手機照明。黑暗中，他
彷彿看到那對夫妻正向他招手，而他毫不猶豫地往前奔
去……

第三十三章 / 好命的傻女人

謝小桐替成田駿在離她家約兩公里處租了個房，月租金3000元，結果成田駿給了她五萬元現金。

"你這是？"謝小桐不解地問。

"我沒有銀行賬戶，也沒有下載第三方支付軟件，身上只有現金，所以這錢妳收著，等用完再告訴我。"他答。

謝小桐想想也對，現在大毒梟正卯足勁兒地找成田駿算賬，消費記錄很可能會洩露他的行蹤，於是安心地收下錢，壓根兒就沒往"一個沒銀行賬戶的人，錢是打哪兒來的？"的方向想去。

將五萬塊存進自己的銀行賬戶，又設置了每月自動支付（房租）功能後，謝小桐接著在同一櫃檯辦理創業貸款，因為游泳學校需要啟動資金，加上周院長給的刮刮樂並沒有刮中大獎（連小獎也無），這不是她那可憐的存款能應付得了的。

"妳先看看自己是不是屬於這十類人？"銀行櫃員說完，遞過來一張紙。

謝小桐一看，上面羅列了可辦理創業貸款的十類人，分別為城鎮登記失業人員、就業困難人員（含殘疾人）、退役軍人、刑滿釋放人員、高校畢業生（含大學生村官和留學回國學生）、化解過剩產能企業職工和失業人員、返鄉創業農民工、網絡商戶、脫貧人口、農村自主創業農民等。

"不是。"謝小桐肯定地答。

"那就只能辦理個人貸款了。"銀行櫃員遞過來另一張紙，"上面有還款方式，妳可以選擇固定利率還是浮動利率。"

謝小桐很想問固定利率和浮動利率的差別，但又怕對方解釋了，自己依然聽不懂（這是極可能發生的事，因為她的數學理解能力還停留在小學生級別）。

"嗯......我想我還是回去考慮一下，下回再辦理吧！"她答。

當謝小桐走出銀行時，恰巧與成田駿碰個正著。

"咦！你怎麼在這裡？"謝小桐問。

"我出來採購日用品，妳怎麼也在這兒？"

謝小桐遂將辦理貸款一事說出，還問他懂不懂固定利率和浮動利率？

"別管這個，肯定都不划算。妳想銀行為什麼要借妳錢？還不是看上妳支付的利息，所以這利息還會少嗎？"

"那怎麼辦？"

成田駿想了想，自己的"賬戶"裡還有260枚比特幣，市值超過一億，現在佳人有難，何不江湖救急？

"別擔心，上天自有安排。"他說。

成田駿的說法在謝小桐聽來不過是安慰而已，根本無法解決她的困境。

後來，謝小桐陪成田駿去採買日用品，買完兩人便分道揚鑣。

告別後的謝小桐跑去找舅舅，在她眼裡，舅舅對錢敏感，一定能解答她的疑惑，然而……

"何必向銀行借錢？我給就是了。"她舅舅答。

"不不不，我只想知道固定利率和浮動利率的區別。"

於是她舅舅做了解釋（用的是最淺顯易懂的方式），末了還給出建議——如果希望穩定點兒，那就選擇固定利率。

謝小桐思考了一下，這是她第一次創業，還是穩紮穩打為妥。

"好，那就用固定利率。"她宣佈。

"小桐，妳到底想借多少錢？"她舅舅好奇一問。

當聽到30萬時，這個男人簡直不敢相信自己的耳朵（就這麼點兒錢，至於向銀行借嗎？）。

"妳爸是不是失業了？"她舅舅又問。

"沒失業，還在學校教書，你問這個幹嘛？"

她舅舅聽完，不禁失笑，是呀！他問這個幹嘛？難道那名窮酸教書匠的口袋裡還能搜刮出30萬來？

"沒什麼，妳媽好嗎？"他開啟另一個話題。

"很好，依舊被我和我爸伺候得四體不勤、五穀不分。"

"呵！好命的傻女人。"

此評價一出，謝小桐呆了三秒鐘，是呀！雖然她母親的智力沒問題，但做出的決定卻往往令人捉急，說她傻不是沒道理，但怪就怪在總有人為她的不按理出牌買單，這不是好命是什麼？

"哎！好命的傻女人可不是人人都當得了。"謝小桐有感而發，"我走了，還得為我的創業之路奔波勞碌呢！"

一連幾天，謝小桐諮詢了多家銀行，終於找到還款條件最佳的那一個，可是當她等待辦理時，成田駿卻打來電話，要她速速趕到他家。

"好，等我辦完貸款就過去。"她答。

"不，妳現在就過來，因……因為……我……我流血了。"

聽說成田駿流血了，謝小桐放下一切，火速趕去救人。

第三十四章/天使投資人

由於成田駿被警方通緝在案，他的國內銀行賬戶自然也被凍結，不得已，他只能在比特幣雙向ATM機上取款，然而這種機子並不是每個國家都有，雙向（能買又能賣）的更少，所以一旦能取款，他總未雨綢繆地取很多，可是這也帶來安全隱患，於是在留下日常所需的錢款後，其餘皆拿來買裸鑽（之所以買裸鑽乃因體積小，方便攜帶，好比昨天他才賣掉一顆5克拉的高品質裸鑽，得款118萬元）。

當謝小桐慌慌張張地前來敲門時，成田駿已做好準備。

"哪裡流血了？"她上下左右查看，"哪裡？快說呀！"

成田駿遂伸出右手食指，上面糊上了一片創可貼。

"就這？"謝小桐難以置信，"你耍我？"

"沒耍妳，我是真流血了，不信我撕開創可貼給妳看。"

"算了算了，我才沒興趣看。"她停頓了一下，"我走了，正忙著呢！"

"別走！"成田駿抓住她的手臂，但隨即放開，"有沒有聽過天使投資人？"

謝小桐聽過天使，也聽過投資人，就是沒聽過天使投資人，於是成田駿解釋給她聽。

"你的意思是只要天使投資人聽過我的方案，覺得可行便投錢？"她問。

看成田駿點頭，她又問天使投資人抽多少？

"什麼都不抽，純給錢，這就是天使投資人之所以被冠上'天使'二字的原因，因為心善呀！"

"真的一點兒也不抽？"

"真的，但首先妳得準備好如何說服對方給妳投錢。"

謝小桐不認為那是最困難的部分，最困難的部分應該是到哪裡找這樣的"天使"？

成田駿聽完，要她別擔心，明天他就帶她去見天使投資人。

"你怎麼會認識天使投資人？"她問。

"當然是通過別人介紹，放心，明天我陪妳去，不會有任何問題。"

次日，他倆果然在咖啡店與天使投資人見上面，對方是位大腹便便的中年男士，戴著金戒指和金項鏈，整個人看起來金光閃閃。

"謝小姐，請談談妳的方案。"對方說。

於是謝小桐把準備了一夜的說稿"背"出來。

"現在我清楚妳的方案了，沒問題，我會給妳的游泳學校投錢，就投一百萬元。"

"一百萬？"謝小桐揚起聲，"可是我的方案只需30萬。"

"那妳就多僱幾名員工，花錢還不會嗎？呵呵！"

謝小桐還想說什麼，但成田駿對她使了個眼色，她便把話吞了下去。

"朱先生，既然談好了，您何時打款？"成田駿代謝小桐問最關鍵的問題。

"明天，明天就給。"土豪哥答。

事情順利得超乎想像，但目送"天使"步出咖啡店後，謝小桐還是忍不住提出質疑。

"這有什麼好懷疑的？反正妳沒有任何損失，不是嗎？"成田駿問。

"是沒有損失，但錢來得太容易，我總感覺哪裡怪怪的。"她答。

"這樣好了，如果那人明天給錢，代表沒問題；倘若沒給，妳再煩惱也不遲。"

謝小桐想想有理，遂不再發愁。

隔天，成田駿一通電話要謝小桐速速趕到他家。

"你該不會又流血了吧？"她問。

"那倒沒有，妳來就是。"

當謝小桐趕到成田駿的租處時，看到的是塞滿兩個行李箱的紙鈔。

"這麼多？我以為天使投資人會把錢匯到我卡裡。"她說。

"是……是挺奇怪的，不過錢到位了就行，我們現在到銀行把錢存上吧！"成田駿說。

謝小桐無異議，兩人合力將行李箱闔上，接著走出屋外
。

第三十五章 / 起風了

謝小桐本來的計劃是租用一個游泳場地，再僱幾名教練，現在手裡一下子多出很多錢，她反倒迷失了。

"小桐，妳是不是有什麼心事？" 她父親看出了不尋常，遂問。

"嗯！有人給我的游泳學校投錢，還是很大一筆，我不知道該怎麼使用才不會令投資人失望。" 她答。

"妳不是已經計劃好了？就照計劃進行唄！"

"可是原計劃用不了那麼多錢。"

"那就多辦幾家，我想投資人也會樂見其成。"

謝小桐的父親並不清楚所謂的投資人是成田駿僱來的臨時演員，還有，成田駿的用意是幫謝小桐完成夢想，並不希望她因此變得更加忙碌，所以當得知游泳學校從1家變成3家時，立馬投反對票。

"本來的計劃是花30萬元辦一家，現在天使投資人給了我100萬，辦3家差不多。" 她解釋。

“可是那人也沒硬性規定妳一定得辦3家，把錢用在自己的身上不好嗎？譬如買些新衣裳或到處旅遊去。”

謝小桐很訝異成田駿竟有如此匪夷所思的想法，人家投錢給她就是信任她，怎麼可以假公濟私？

成田駿一聽，暗呼不妙，問她是不是打算當義工？

“那倒也沒有。”謝小桐答，“我準備給自己開一萬塊錢的工資，如果運營情況良好，在扣除所有的開支後，盈餘部分便捐給慈善機構，也算不負天使投資人的厚望。”

成田駿很早就出外打工，看盡了世間冷暖，那些為錢撕破臉，甚至大打出手的例子所在多有，從未遇見過視金錢如糞土的人，謝小桐算是第一個。

“咳咳、”他咳嗽兩聲，“很好，很好，如果妳的游泳學校需要人，算我一個。”

“那太好了，我就缺個助理，你來了正好，我給你3000元工資，你看行嗎？”

成田駿已有億元身家（雖然錢來得不光彩），3000元工資根本不入他的眼，但他還是很開心地接下這份“低薪”工作。

接下來的日子裡，這兩人為游泳學校的成立夙興夜寐，包括找場地、僱教練、購設備、發廣告等，忙得暈頭轉向。興許天道酬勤，游泳學校終於在兩個月後陸續開張，學員人數肉眼可見地增長起來。

“成田駿，暑假快到了，我想將游泳場地的每日租用時間拉長，可是租借方不同意。”謝小桐說。

“沒問題，我去解決。”

“還有，”謝小桐又說，“我們是不是該辦個游泳比賽？一方面幫學校打廣告，另一方面也給學員和教練一個努力的方向。”

“好，我來籌劃。”

“成田駿，你……”

“什麼？”

名義上，成田駿是謝小桐的助理，但做的事可多了，彷彿只要謝小桐動動嘴，他便負責讓它實現。

“有沒有人說你是個好人？”謝小桐問。

“沒有，事實上我是個壞人。”

這個回答讓謝小桐憶起他的身份——曾埋伏在販毒集團裡的臥底警察。

“我不許你這麼說自己，即使全世界都認為你是壞人，我依然認為你是好人，無可救藥的好。”

“錯了，我的好只針對妳。”

“你……”謝小桐紅了臉，“你什麼意思？”

“我喜歡妳，妳……喜歡我嗎？”

在長時間的如影隨形下，這兩人不僅有了革命情誼，還滋生了不一樣的情愫，本以為這層窗戶紙可以維持得久一點兒，孰料今日被成田駿給捅破了。

“我不知道。”謝小桐低下頭去，“能不能別說這個？”

“好，不說了。”

雖然他倆不再聊這個敏感話題，但謝小桐的心防逐漸放下卻是不爭的事實，好比她不介意兩人共用一個杯子，稱呼也從成田駿變成了駿，而他則喊她桐桐。

這一天，成田駿告訴謝小桐中國刑法上有法律追訴期，最長為20年，意思是任何犯罪行為只要拖過20年，就算逮著了也不會被判刑。

"你為什麼要告訴我這個？"謝小桐問。

"如果有一天……我希望自己能拖過20年。"

成田駿指的當然是自己曾做過的不法勾當，謝小桐遂安慰他一定能很快洗雪冤屈，不需要等那麼久。

"如果……我是說如果，如果真到了那個地步，妳會等我嗎？"他問。

謝小桐今年20歲，再過20年便是40歲，那個年紀已經很老了。

"可能……會吧？！"她答。

"那我們勾勾手。"

雖然覺得幼稚，但謝小桐還是與成田駿勾了勾手指頭。

"即使到時候妳已經結婚了，我還是希望能見上一面。"成田駿一本正經地說。

"好，你說在哪裡見？"

"有一部日本動畫電影叫《起風了》，答案就在電影裡。"

謝小桐覺得好笑，直接宣佈答案不好嗎？何必故弄玄虛？

成田駿答不好，因為直接宣佈答案彷彿預告他倆真的得分開那麼久，而他並不希望見到這個結局……

談話過後，謝小桐還真的上網查找，無奈內容犯忌，《起風了》這部動畫電影並沒有在中國上映，她一忙，也就將此事淡忘了。

第三十六章 / 斷了線的風箏

當游泳學校舉辦的第一屆游泳比賽結束後，成田駿覷了個空表示自己即將有遠行。

"遠行？去哪兒？"謝小桐問。

"去哪兒不重要，我已經待在這兒近一年了，很怕毒梟會找上門來。"

"那你還回來不？"

一句話把成田駿給問倒了，他當然想待在謝小桐身邊，然而實際情況卻不允許他兒女情長。

"回，當然回。"他答，"這房子妳幫我留著，即使房東漲價也無所謂，回頭我給妳多留點兒錢。"

然而正因為成田駿留下的錢不止"一點兒"，讓謝小桐有了不祥的預感。

"你會給我打電話嗎？"她問。

"會。"

"很遠也打嗎？"

“打。”

“南極也打嗎？”

成田駿聽了想笑，但還是給予肯定的答覆。

“我不信。”她說。

於是成田駿給她一個吻，嘴對嘴，沒想到卻得到謝小桐的熱情回應，兩人激情擁吻了一分多鐘。

“現在妳相信了嗎？”他問。

“嗯！相信了。”謝小桐羞澀地答。

原以為已經“一吻定終身”，豈料成田駿這一走就是大半年，期間一通電話也無，像斷了線的風箏……

第三十七章╱無聲的吶喊

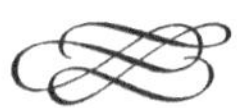

謝小桐又僱了個助理，但這個助理不像成田駿那樣事必躬親，反而斤斤計較，每當這時候，她就格外想念那個毫無音訊的人兒，不知他現在在哪裡？過得可好？有沒有想她？……

"小桐，妳媽問妳話，妳怎麼不回答？"她父親問。

謝小桐從混沌中驚醒，問她媽有什麼事？

"也沒什麼，我忽然想起那個長得像芥川龍之介的男人，所以順便問問他的去向。"謝母答。

"噢！他……他出國了。"

"出國了？去了哪裡？還會回來嗎？"

謝小桐不知道他去了哪裡，也不曉得他會不會回來，但話到嘴邊卻成了——他去了日本，很快就會回國。

現在換謝父感到好奇，問此人為什麼去日本？

"因為成田駿是日本人，他只是出生在中國，不代表血液裡流淌的是中國人的血脈。"她解釋。

"成田駿是誰？"謝母突然來上一句。

謝小桐被當頭一棒，怎麼自己說過的話會忘了？

"我的意思是……是雷駿，呵呵！想的和嘴裡說的不一致，我大概中暑了。"

謝母聽完不吱一聲，彷彿這兩個名字與她一點兒干係也無，但謝父就不一樣了，他投來凌厲的眼神，謝小桐不由自主地低下頭去。

飯後，謝母照舊回房看小說去，很好意思地把善後工作留給已在外奔波一整天的女兒。

當謝小桐忙著收拾碗筷時，她父親喊她進書房。

"能不能讓我先把碗給洗了？"她問。

"可以。"她父親答，"趁洗碗的工夫，妳順便把事情理清楚。"

從小到大，謝小桐的父親就教導她誠實的可貴與重要性，她也做到了，但成田駿這件事例外，她是迫不得已才說謊。

由於不知該如何面對接下來即將發生的事，本來半小時就能完成的工作，謝小桐硬是洗了1個多小時，若不是她父親過來喊人，她恐怕連抽油煙機的油網也一併拆下來清洗。

"說，怎麼回事？"她父親問。

"他叫成田駿，不是雷駿。"謝小桐深吸一口氣，"我不是故意說謊，而是不得已而為之，因為他是臥底警察，被毒梟下了追殺令，如果道出真實姓名很容易引來殺身之禍，只能以假名替代。"

現在換謝父深吸一口氣，從緊皺的眉頭看，應該是感覺事情大條了。

“怎麼了？”謝小桐小心地問。

她父親答如果真是那樣，東躲西藏也不是辦法，應該由警方出面保護才是。

“他也想啊！可是他的直屬長官因公殉職了，現在無人知道他的真實身份，更糟的是官方紀錄上他就是販毒團伙中的一員，除了隱姓埋名和到處躲藏外，他已無路可走。”

“這麼長期漂泊，他是如何解決民生問題的？”

謝小桐被她父親的一席話給問住了，是呀！成田駿沒有銀行賬戶，可是卻從未缺錢過，相反的，他花錢相當隨意，甚至不看價格，這又該如何解釋？

“有關這部分，我也不是很了解。”她答。

“也許妳該問個清楚。”

“怎麼問？”她忽然情緒激動，“人已經出國大半年，沒有來過一次電話，也沒有隻字片語，更沒有社交賬號能聯繫，我要怎麼問清楚？”

面對女兒的驟然失控，謝父很是擔憂。

“小桐，妳該不會……該不會……”

“該不會什麼？”她反問，接著靈光乍現，“沒有，我沒有愛上他，我只是生氣他不守信用，說好打電話給我卻食言了。”

“就這樣？”

“就這樣。”

她父親拍拍她的肩膀，兩人的對話到此結束。

回房的謝小桐仍心神不寧，本來她已經決定向父親坦白，沒想到最後關頭還是說了謊（在分開的日子裡，謝小

桐無時無刻不想念成田駿，很明顯，這已超越朋友關
係）。

"駿，你到底在哪裡？為什麼要如此折磨我？"她無聲
吶喊著。

可惜回覆她的卻是一室的寂靜。

第三十八章／久別重逢

眼瞅著十一長假就要來臨，謝小桐打算帶父母出國玩幾天，連機票都買好了，可是一個突發事件卻讓旅遊計劃生變。

"小桐，妳就讓我和妳媽獨自飛日本？"謝父問。

"對不起，我也不願那樣，但我必須搞清楚一件事。"她答。

"什麼事？"

謝小桐天人交戰一番後，還是撒了謊。

"投資人忽然撤資的確很棘手，我能幫上什麼忙嗎？"她父親又問。

"不需要，我自己能解決。"

於是假期的第一天，謝父和謝母飛往京都賞楓去，謝小桐則隻身南下，只因她收到一張峇里島情人崖的風景明信片，背面雖只有收件人和收件地址，其他信息全無，但謝小桐就是認定寄件人必是成田駿（由於被人盯上，他只能以這種隱晦的方式來透露自己的行蹤）。

經過14個小時的飛行（期間中轉了一站），謝小桐終於抵達峇里島，再經2小時的打車，來到情人崖時已近黃昏。當她看著橙紅色的太陽徐徐落下時，心情也跟著down到谷底，因為成田駿並沒有在他們初次見面的臨崖酒吧等她，是她會錯意了。

"您還要再來一瓶啤酒嗎？"服務員問她。

"不用了，我待會兒就走。"她答。

然而才過了一會兒，服務員竟給她送來一瓶啤酒，說是老闆送的。

謝小桐轉過頭去，發現是一名陌生人後，怎麼也不肯收下，老闆只好親自過來，說："看來妳不願在此等候，需不需要我替妳叫車？"

"不需要，如果要走，我自己會叫車。"她答。

"妳知道地址？"

這麼無厘頭的一句問話反倒讓謝小桐心跳加速，莫非……

"你是不是認識成田駿？"她問。

"我不認識Cheng Tian Jun，讓我留住妳的人叫Horse，已經在趕來的路上。"

駿是馬（Horse)的意思，這豈不是板上釘釘？

"好，我等。"謝小桐收下啤酒，"請另外再給我一盤玉米餅。"

等待的時間特別難熬，彷彿上帝按下了放慢鍵，但另一方面，謝小桐又不免希望時間能拖得久一點兒，因為沒有消息就是好消息，她怕等來的不是她朝思暮想的人兒……

"桐……桐。"

聽到熟悉的聲音，謝小桐有想哭的衝動，但還是忍了下來。

「桐桐。」這次的聲音堅定許多。

「我聽見了。」她冷漠地答，「你坐還是不坐？」

成田駿落座後，那瘦削的臉龐和乾瘪的身軀讓她忍不住破防了。

「你就這麼虐人又虐己？」她的委屈一湧而上，「我就算被你欺負了，也沒像你這副半死不活的樣子。」

「不好意思，本來不想再給妳添麻煩，但沒忍住，很抱歉讓妳看到我糟糕的樣子。」

的確糟糕，謝小桐感覺他就像個病人似的。

「你是不是生病了？」她問。

「如果思人會生病，那算是了。」

聽到這個回答，謝小桐其實已經打從心裡原諒他了，但仍嘴硬，表示自己不信。

「不信沒關係，那就信算命師說的——我上輩子作惡太多，所以這輩子注定要活受罪。」

「胡說！你不該聽信江湖術士的話。」

「可是……」

「沒有可是，你再說，我生氣了。」

成田駿不想讓謝小桐生氣，所以閉口不再提令人喪氣的話題。

「想吃點兒東西嗎？」她問，畢竟眼前人瘦骨如柴，看起來很需要進食。

「想，但……我更想吃白菜燉粉條。」

酒吧裡肯定沒這道菜，謝小桐遂問家裡可有白菜和粉條
？成田駿答沒有，但可以讓外賣員送。

"那還等什麼？"她站起身來，"我們回家去，我煮給你
吃。"

第三十九章 / 火山邊的小屋

謝小桐原以為成田駿住在烏魯瓦圖附近，也就是情人崖的所在區域，豈料中間隔了大半個峇里島。

"你怎麼不住回原來的竹屋？"她問。

"老住同樣的地方多沒意思，再說，也不安全。"

成田駿不提，謝小桐還真忘了他的臥底身份。

"毒梟還是沒放過你？"她又問。

"怎麼可能放過？就算此時此刻開車，我也不敢有絲毫放鬆，因為一個不小心，很可能小命不保。"

"你……"

"什麼？"

謝小桐考慮再三，最後還是決定問個明白。

"你怎麼解決民生問題？按你說的，你被黑道追殺，又成了白道棄子，等於掐斷了收入來源。"

"那個……我……我黑了毒梟一筆錢，所以……"

聽到這個解釋，謝小桐豁然開朗，難怪毒梟會死咬著不放，現在一切都說得通了。

由於謝小桐忽然不吱聲，成田駿感覺不妙，小心翼翼地問她是不是因此看輕他了？

"怎麼會？"她答，"臥底警察也是人，也要吃飯，反正一旦水落石出，你一定會把黑來的錢交還給國家，對吧？"

成田駿心頭一緊，世上怎會有如此單純的女孩？

"咳咳，"他咳嗽兩聲，"如果有機會，當然會上繳。"

他們又談了一些瑣事，由於謝小桐一整天都在路上奔波，很快便精神不濟。當她再次睜眼時，車子已然停下，四周一片漆黑。

"這是哪裡？"她揉揉睡眼問。

"Kintamani。"成田駿拔了車鑰匙，"我們得往下走一段路才能到家。"

謝小桐不知道Kintamani在哪裡，但肯定是有一定高度，否則成田駿不會用"往下走"這三個字來形容。

後來，謝小桐跟隨成田駿"下山"，然而越走越覺得"似曾相識"（竹屋不也藏在深谷裡？），可見成田駿的反偵察能力很強，一般人是不會如此處心積慮。

"什麼味道？"謝小桐摀住鼻子，因為氣味越來越濃烈，"跟發臭的雞蛋一個味兒。"

"沒辦法，靠近火山就有這味。"

謝小桐很驚詫，哪裡不好住，怎麼就住在火山邊？

成田駿聽完哈哈大笑，他說他本來想找個靠近化糞池的地，可惜沒找著。

"真的？我還以為沒人想住在那樣的地方。"謝小桐一本正經地答。

成田駿無語了，這麼明顯的玩笑話怎麼就沒聽出來？

"妳是不是相信我說的每句話？"他問。

"當然，只要認定一個人，我從裡到外都相信，所以當你答應打電話給我卻食言了，我特別不開心。"

聽到這個回答，成田駿彷彿被打了兩耳光，除了"他喜歡她"這件事不假外，其他大多是謊言，而且還在無限繁衍中，因為一個謊言要用更多的謊言來掩飾。

"我也想打，但......"

"別說了，我相信你。"

"我還沒說完呢！"

"不論答案是什麼，我都相信你不是故意不打給我。"她停頓了一下，"對吧？"

實情恰恰相反，成田駿的確故意不打給她，理由是逃亡中的人並不適合兒女情長，但最後還是沒能熬過思念。如今謝小桐帶著肯定的語氣問，他當然不能否認。

"嗯！"他答。

"那就好。"

看著謝小桐清亮的眼睛，成田駿好希望自己不曾失足過，那麼現在就不用如此割裂了......

"慢點兒，有臺階。"成田駿提醒謝小桐，同時很紳士地伸出手。

謝小桐也不扭捏，兩人相扶著進屋去。

眼下是一棟工業風色彩濃厚的小屋，具"水泥牆、原木搭配、金屬應用、保留舊物"等特點，共上下兩層，廚房和衛浴在下，臥室和客廳在上。

"咦！有壁爐。"謝小桐一上樓就被吸引住，"真的假的？"

"是真的，這裡海拔比較高，早晚會冷。"

謝小桐環顧四周，發現只有一張床後，心中有些不安。

"我們下樓吧！"她說，"我煮……糟了！這時外賣員還會送菜嗎？"

"當然不會。"

"那怎麼辦？"

"吃方便麵吧！我來煮。"

這是謝小桐第一次吃印尼方便麵，據成田駿說，他煮的這款位居"全球十大最好吃的方便麵"之首，所以她還挺期待的。

"怎麼樣，好吃嗎？"他問。

"……嗯！"

"不好吃就說不好吃。"

"我沒說不好吃，而是……這泡麵有咖喱味、辣味、甜味和酸味，我沒吃過這種麵。"

成田駿聽了莞爾，謝小桐問他笑什麼？

"只有不喜歡才會解釋這麼多。"他答。

現在換謝小桐莞爾，是呀！她的確不好這一口，但為了不潑對方冷水，所以努力營造"自己也能接受"的假象。

"沒辦法，我實在不會說謊。"她說。

“不會說謊代表妳處的環境不複雜，這是好事，哪像……”

“哪像什麼？”

成田駿搖搖頭，不置一語。

吃完泡麵，兩人相繼洗了澡，接著就是上床時間。

“妳想睡左邊還是右邊？”成田駿問。

“男左女右吧！”她停頓了一下，“我們能不能只睡覺？”

“當然，床就是用來睡的。”

“我的意思是……”

“我知道，除非妳願意，否則我不會逾雷池半步。”

謝小桐笑了，兩人聯袂上床。

第四十章/共赴巫山

"只睡覺"是謝小桐說的，但或許早些時候在車上補眠過，如今又身處陌生環境，她的眼睛瞪得比銅鈴還大。

"怎麼還不睡？"成田駿問枕邊人。

"睡不著，你給我說床前故事吧！"

成田駿從小到大的夢想就是有一天親生父母會找來，父親教他打乒乓球，母親則給他說床前故事。

"抱歉！我從小嘴笨，也不愛讀書，如果讓我說故事，妳恐怕整晚都睡不著。"

謝小桐想了想，既然這樣，那就反著來，由她講給他聽，興許講著講著自己就累了，也能順利走入夢鄉。

"妳真的願意講故事給我聽？"成田駿興奮問道。

"當然是真的，這有什麼難的？"她答。

謝小桐講的第一個故事是《白雪公主》，第二個故事是《睡美人》，第三個故事是《美人魚》。

"怎麼都是女的當主角？"成田駿問。

“你想聽男的？”謝小桐思索了一下，“那我講《木偶奇遇記》好了。”

故事講完後，成田駿問是不是只要不再說謊，便是勇敢、誠實和無私的表現，就像後來成為人類的匹諾曹一樣？

“當然。”她答，“不是有句話叫‘放下屠刀，立地成佛’嗎？”

成田駿頓時陷入糾結——自己該不該此時此刻就向謝小桐坦白？

正當他猶豫不決時，謝小桐忽然從床上跳起，驚恐萬分地喊道：“蜘蛛！好大一隻。”

成田駿定眼一看，原來是他的“室友”。

“別怕，這種蜘蛛不結網、無毒，吃的是蟑螂、蒼蠅、蛾等，是益蟲。”

“可是……我還是怕。”

既然佳人害怕，成田駿只好拿出自製的驅蟲水（果醋和洗碗精的混合物），不一會兒的工夫，蜘蛛便從故意開著的窗戶逃了出去。

“好了，”成田駿關上窗戶，“妳現在可以高枕無憂了。”

經過方才的一驚一乍，謝小桐感覺自己是真累了，她重新上床。

“我們只是睡覺。”成田駿替自己和謝小桐蓋上被子後宣佈。

“你為什麼要強調這個？”她問。

“我沒有強調，只是陳述事實。”

"你就那麼自信？"

"不然呢？妳想為愛鼓掌嗎？"

謝小桐既好氣又好笑，猛地一翻身，來個不理睬，哪知成田駿從後擁緊她，問她要不要？

"不要。"她答。

"我數到三，不要我就走了，一、二、二點五。"

聽到這個，謝小桐忍俊不禁，哈哈大笑起來。

"二點五一、二點五二……"

"討厭！"謝小桐轉身捶打他，"哪有這麼問女生的？"

"妳的意思是不用問，直接上？"

見謝小桐不言語，成田駿明白了，兩人攜手共赴巫山……

第四十一章 / 也許這就是愛

次日醒來，謝小桐赤足走向露臺。

"不冷嗎？"成田駿為她披上一件薄外套，"小心感冒。"

謝小桐沒回答，反而問起眼前的大山怎麼黑黑的？

成田駿答那是火山熔岩造成的，每當火山爆發時，被岩漿包裹的岩石也會一併噴出，經冷固後就成這樣了。

"原來是火山啊！"謝小桐恍然大悟，"怎麼黑色的山看起來一點兒也不汙濁，反而很像中國的水墨畫，予人寧靜的感覺。"

"沒錯，"成田駿摟了摟她的肩，"這也是我選擇在這裡居住的原因，為的就是忘記塵世間的喧囂與煩惱。"

"怎麼辦？我也好想住在這裡。"

"為什麼不？"

"因為我的游泳學校……"

謝小桐話還未答完，成田駿便給她支招——請個助理，身為老闆的她只需遠程操控。

"我已經有助理了，但她不像你，不僅斤斤計較，也不會主動攬活兒幹，我不敢把學校交給她。"謝小桐說。

"那沒問題，事情就交給我處理。"

謝小桐很好奇成田駿要如何處理，但依據過往經驗，他總有辦法解決，只是橫在面前的阻礙不止這一件……

"我還沒告訴父母我要待在這裡，總不能無緣無故就人間蒸發了吧？！"她補上兩句。

這次成田駿沒了方才的從容，可見他也覺得這是一道棘手問題。

"沒關係，"謝小桐體貼地說，"我還有五天假期，你可以好好想一想。"

在這五天裡，他倆偶爾會到村裡的集市逛逛，順便採買食材或日用品，不過更多時候是讓小販送貨到家，好留出時間在屋裡沒羞沒臊地"親親、抱抱、舉高高"，彷彿要把所有的精力都在這五天裡發洩完畢。

到了假期的最後一天，謝小桐問他想出辦法沒？

成田駿邊撥弄她的髮邊說："我看妳還是回去吧！游泳學校沒妳也許還能運轉，但妳父母那邊就不好交代了。"

"有什麼不好交代？我們可以公開我們的關係啊！"

"算了，沒有哪對父母會把女兒交到亡命之徒的手中。"

謝小桐心頭一顫，這可是分手的預告？

成田駿馬上否認，同時強調只要他恢復自由身，一切都會不一樣。

"那要等到什麼時候？"謝小桐很是氣餒，"萬一無法澄清，是不是意味著我們要一直偷偷摸摸下去？"

"如果……那也是沒辦法的事。"

聽到這麼不負責任的話，謝小桐瞬間來了脾氣，表示既然結局無法確定，那就沒必要再繼續，她現在就走！

"別孩子氣了，妳搭的是明天的班機，這時候走，今晚要睡哪兒？"成田駿說。

"總有辦法的。"她跳下床，"就算睡在機場的地板上，也好過面對一個無情的男人。"

謝小桐說錯了，不是成田駿無情，而是他太多情了，害怕拉心上人一同墜入深淵，而這恰恰是情真意切的表現。

"我不攔妳，"他答，"但從這兒叫不到車，就讓我這個無情的男人送妳一程吧！"

想到連生氣都這麼窩囊，謝小桐忍不住嚎啕大哭起來。

"別哭，"成田駿伸出手又收回，"我幫妳一同收拾行李吧！"

原來男人變起心來，十匹馬都拉不回，現在謝小桐也只能懊悔自己看走了眼。

"你走開！"她推他一把，"別動我的東西。"

就在一通海塞下，謝小桐不到五分鐘便收拾完畢，接著頭也不回地離開，連再見都沒說。

等了約莫一刻鐘，成田駿也出門，他靜靜跟在謝小桐身後，直至她攔下一輛Bemo為止。

Bemo是峇里島的公共交通工具，既沒有空調，車廂還窄小悶熱，不過因"招手就停且價格便宜"之故，頗受偏遠地區居民的歡迎，。

在確定謝小桐上了Bemo後，成田駿趕緊回家開車跟上，因為擔心這個女人不懂得換乘，迷失在沃野田疇中。

此時上了Bemo的謝小桐也不好過，心情彷彿坐過山車，當成田駿轉身離開時，她好似失了魂魄，等那輛熟悉的轎車忽然落入眼底時，她又忍不住熱淚盈眶。

"＠％＃¥＊＆……" 開Bemo的司機忽然停下車，同時大聲嚷嚷起來。

謝小桐不明所以，只能跟著同車人一起下車，然後眼睜睜看著那輛破車消失在黑夜裡……

"叭叭。"

謝小桐知道是誰在按喇叭，但故意不回頭，成田駿只好向她喊話："我載妳去機場，再不走，這裡很快會有野獸出沒。"

聽到這個，恰好給了謝小桐臺階下，她可不願成為野獸的腹中餐。

"我會付你車資的。" 她一上車就說。

"隨便妳。" 他答。

一路上，他倆都不說話，但實際上又好像說了不少話，只不過都是內心獨白。

"駿，你就不能挽留我嗎？只要你開口，我願意與你比翼雙飛。" 這是謝小桐說的。

"桐桐，我自己都朝不保夕，如何留人？妳應該離我遠遠的，這才是明智之舉。" 這是成田駿說的。

抵達目的地後，成田駿不忘提醒謝小桐——機場二樓有膠囊酒店，小是小了點兒，但比睡冰涼的排椅舒服。

"知道了，我該付你多少車資？" 謝小桐冷冷地問。

“妳不付也行。”

謝小桐哪肯（這是她目前維持尊嚴的唯一方式），硬塞給成田駿一沓紙鈔才下車。

等她從後車廂取好行李，成田駿忽然按下車窗對她說：“喂！妳過來一下。”

謝小桐不甘情願地走過去。

“聽我一句勸，下次別再背假包了，挺丟臉的。”他說。

“這哪是假包？”她氣憤地將包遞到成田駿面前，“你好好看著，這是雜牌包，連個logo也沒有。”

“別槓了，logo在包的夾層裡。”

較真的謝小桐立即拉開拉鏈自證清白，哪曉得成田駿以迅雷不及掩耳的速度將錢塞進敞開的包裡，接著腳踩油門，揚長而去。

“搞什麼？”謝小桐啐道，“沒看過這麼幼稚的人！”

話是這麼說，可是謝小桐就是恨不起來，也許……也許這就是愛吧？！

第四十二章 / 寧韋

日子又回到原來的軌跡，謝小桐忙著經營游泳學校，而那個男人照舊失去蹤影，沒有電話、沒有隻字片語，更沒有社交賬號可聯繫……

"小桐，妳多久沒見舅舅了？他說他還得從地方新聞上得知妳的消息。" 謝小桐的母親說。

"也沒多久，" 她邊吃飯邊思考，"大概小半年吧！"

"咱們兩家離得不遠，妳吃完飯何不過去看看？" 她母親繼續說。

"好，下午就過去。"

謝小桐的游泳學校越來越受歡迎，連地方電視臺都前去採訪，她舅舅說得從地方新聞上得知外甥女的消息，一點兒也不誇張。

回到辦公室的謝小桐在看過上個月的收支報表，又幫幾位傑出學員報名參加市隊選拔後，這才驅車前往舅舅家。

小半年沒見，舅舅家看起來既熟悉又陌生，熟悉是因為屋子仍是那個屋子，陌生是因為停車位上多了輛五菱宏光，與旁邊的保時捷卡宴和賓利飛馳格格不入。

"小桐，妳來了。"她舅舅從屋內走出來迎接，身上難得穿著正裝，"怎麼還帶東西？"

"你不是挺喜歡吃甜甜圈？我特意買了巧克力夾心和海鹽焦糖口味的。"她答。

"快進來，有客人呢！"

謝小桐心頭一顫，誰會來拜訪舅舅？莫非是那輛五菱宏光的車主？

懷著疑慮，謝小桐踏進屋內，一個有著一雙劍眉的精瘦男人立即站起身來。

舅舅隨即介紹初次見面的兩位認識，謝小桐這才知道對方是電信偵查大隊的警官，名叫寧韋。

"我是不是來得不是時候？"謝小桐問。

"不，是我該走了。"寧警官轉向屋主，"謝謝配合，有需要我會再聯繫你。"

寧警官一走，謝小桐立即問舅舅是不是攤上麻煩了？

"也是也不是，有人拿我的照片當盤哥，所以警察上門了解情況。"

"什麼是盤哥？"

"就是殺豬盤的男主角，呵呵！妳說這年頭的女人是不是審美出了問題？怎麼會看上我呢？"

（註：殺豬盤又称浪漫騙局，乃指電信詐騙團伙以交友、婚戀等為幌子，騙取受害人的感情和錢財。）

謝小桐的舅舅的確與美男相差甚遠，但這年頭的女人看的可不止是皮相而已，男人身上的錢味也很重要。

「那代表舅舅在婚戀市場上還是很有優勢的，你何不試試？」

「試什麼？」

「試著與女性交往。」

「算了，」她舅舅擺擺手，「女人就是trouble，我還想多活幾年呢！」

如果說謝小桐的舅舅愛男不愛女，那還勉強說得通，偏偏這麼多年過去了，他硬是一個緋聞也沒有，看來這世上就有人適合單過，強求不來。

「妳呢？」她舅舅接著問。

「我什麼？」

「試著與男性交往。」

「算了，」她擺擺手，「男人就是trouble，我還想多活幾年呢！」

話一答完，兩人相視而笑，然而笑著笑著，謝小桐卻感到鼻子發酸，不是她不想交往，而是對方關上了大門……

這對小半年未見的舅甥就這麼邊吃甜甜圈邊嘮嗑，直到夕陽餘暉照進了屋內。

「舅，我得走了。」她說。

「急什麼？留下來吃晚飯，我讓廚子煮好吃的給妳吃。」

「不了，我若不回去，我媽又要嘮叨，因為我爸的廚藝不佳又酷愛煮青菜豆腐，你知道她無肉不歡。」

話音一落，她舅舅立刻喊來廚子，囑咐以最短的時間煮出三菜一湯，全帶肉的。

"這湯湯水水的，不好帶哪！"她答。

"有什麼不好帶的？我讓司機送妳一程。"

就這樣，謝小桐帶著舅舅的心意回家，沒留意到有一輛五菱宏光正緊隨其後……

第四十三章/一石二鳥

蕭老闆一看照片，這不是與成田駿在一起的女孩嗎？

"你說這是楊守光的外甥女？"蕭老闆問。

"他是這麼介紹的。"寧韋答。

蕭老闆立即陷入沉思，本來他只想打劫楊守光，所以派人先去摸底，豈料卻帶出成田駿的女人，這下子可以一石二鳥，豈不快哉？

"聽著，不論用什麼法子，你立刻跟這個女人交上朋友。"蕭老闆說。

"然後呢？"寧韋問。

"然後隨時向我報告，我會依據報告的內容下指令。"

就這樣，謝小桐的游泳學校迎來了一位新成員。

"嘿！妳還記得我嗎？"寧韋喊住謝小桐。

此時的謝小桐剛與某教練談話完畢，泳池裡忽然冒出一顆人頭，還衝著她喊，她的表情管理難免有些跟不上。

"幹嘛那麼驚訝？"寧韋說，"沒見過會游泳的警察嗎？"

"那倒也不是。"謝小桐強迫自己冷靜下來，"你怎麼會在這裡？"

"游泳健身啊！這不是你們學校喊出的口號嗎？"

這的確是謝小桐設立游泳學校以來一直標榜的口號，只是這人怎麼會忽然在這裡出現？市裡的游泳學校可不止一所呀！

針對疑問，寧韋表示是她舅舅推薦的。

"你又見了我舅舅？"她問。

"可不是，他還鼓勵我追求妳。"

謝小桐沒料到此人會在公共場所說出那樣"輕佻"的話來，心情立馬不好了，但還是努力壓抑不滿。

"別瞎說……呃！我的意思是我舅很可能只是開個玩笑，你別往心裡去。"

"怎麼辦？我已經往心裡去了，妳晚上有空嗎？"

謝小桐心想怎麼這人完全不懂得察言觀色？得，就讓他嚐嚐吃閉門羹的滋味吧！

"沒空！"她答，"今晚沒空、明晚沒空、後天晚上也沒空。"

"那真可惜！本來想請妳看《緝毒風暴》。"

《緝毒風暴》是近日上映的電影，說的是臥底警察潛入販毒集團，後來在專案組領導和同事的幫助下，最終抓獲毒梟的故事。

由於成田駿的關係（他也是臥底警察，同樣潛入販毒集團），謝小桐一直想找個時間觀看。

"想看電影我不會自己看嗎？"謝小桐冷漠地答，"你還是另外請人吧！"

"哎！本來還想順便給妳講講警察的英勇事蹟呢！"

這個回答讓謝小桐的心喀噔了一下，成田駿不是苦於無法自證自己的臥底身份，以致被黑白兩道夾殺，到現在還流離失所嗎？同為警察的寧警官肯定知道點兒什麼，她何不藉機探探消息？

"既然你這麼有心，我也不好潑你冷水，咱們就一起去看《緝毒風暴》吧！"她答。

就這樣，兩人看了電影，結束後又吃了宵夜。席間，寧警官信守了諾言，只是怎麼聽都覺得怪怪的。

"你是電信偵查大隊的警官，怎麼連監獄裡面的情況都這麼了解？"謝小桐提出疑問。

"當然了解囉！好比心臟科的醫生多少也懂點兒皮膚科。"他答。

"就算那樣，未免也太了解了，譬如犯人幾點起床、幾點幹活、幾點放風、幾點熄燈等，連吃的魚沒清理內臟都知道。"

寧警官支支吾吾，最後才承認自己曾短暫在監獄工作過，所以……

"我就說嘛！哪有人這麼熟悉，熟悉到彷彿住過似的。"

也許謝小桐說者無意，但寧韋卻聽者有心，畢竟他的確住過牢房，而且還二進宮（被捕兩次）。

"咳咳，"他咳嗽兩聲，"別盡講我的，妳呢？說說妳的心路歷程吧！"

基於禮尚往來的原則，謝小桐大致介紹一下自己，不過刻意隱去有關成田駿的部分。

“妳去過峇里島兩次，期間有沒有認識什麼人？”他問
。

“沒有。”她答。

“那妳可真大膽，尤其去的還是深山。”

“咳咳，”她咳嗽兩聲，“峇里島其實沒想像中可怕，你
去了就知道。對了，今晚的電影講的是臥底警察的故事
，現實生活中你有沒有認識臥底的？”

“有啊！多的是。”

謝小桐一聽來勁，忙問如果臥底警察的直屬上司忽然掛
了，該如何自證身份的問題，結果得到的答覆竟是——
那就等死吧！

寧韋曾前後入獄兩次，也許對逮捕過程和牢獄生活如數
家珍，但臥底警察這一塊卻是空白的，僅有的知識全來
自影視劇，謝小桐不明所以，聽到“等死”的答案後，簡
直萬念俱灰。

“妳怎麼了？是不是哪裡不舒服？”寧韋看到她慘白的
臉色，遂問。

“是的，我忽然感覺胸口悶且喘不過氣來，你能送我回
去嗎？”

“當然。”

那晚過後，寧韋消失了幾天，再出現時卻是另一番景象
。

第四十四章／單純的妹妹

寧韋本來想以追求者的身份接近謝小桐，但自從發現她"刻意"不提成田駿後（那種保護慾不像是對朋友，反倒像是戀人），決定改弦易轍，從"知心哥哥"的角色入手，希望能攻破她的心防。

"給。"寧韋邊說邊遞過去一個牛皮紙袋。

"這是什麼？"她問。

"妳打開就知道了。"

謝小桐打開後，發現是一本手繪本，畫的是峇里島種種，包括風土人情與食衣住行等。

"這是給我的嗎？"謝小桐問。

"當然。"

"為什麼？"

寧韋答為了給她留作紀念，謝小桐接著問為什麼要給她留作紀念？

“我感覺妳對峇里島有不一樣的情愫，所以⋯⋯如果我會錯意，那抱歉，我可以收回本子。”

“別，我很喜歡這本手繪本，就當是我買的吧！”

“好，180元。”

謝小桐沒料到有人會連客套一句都沒有，直接報價。

“現在我嚴重懷疑你就是來賣書的。”她說。

“天地良心啊！我報的就是實在價，連快遞費都沒收。”

其實謝小桐也只是說說而已，她更樂意公私分明，所以轉賬過後便忙別的去，等她空下來時才發現寧韋一直在辦公室外。

“你怎麼還在這裡？”她問。

“妳給了我180元後，我忽然感覺不安，這錢來得太不光明正大了，我害怕遭天譴。”他答。

“哈！算你良心未泯，不過買下就買下了，我不計較，你現在可以走了。”

豈料寧韋就是不肯，他說如果謝小桐不願收錢，那就捐給大愛園吧！

“你怎麼知道大愛園？”她驚訝問道。

“前幾天吃宵夜時，我要妳談談心路歷程，妳告訴我曾在大愛園裡當老師，妳忘了嗎？”

謝小桐赫然想起，的確是有這麼回事。

“你想捐就捐吧！我不阻攔你。”她說。

“可是我不知道怎麼捐。”

“這樣吧！你進辦公室來，我教你怎麼捐。”

就這樣，寧韋大搖大擺地走進謝小桐的辦公室，並且在接下來的日子裡時不時以捐款、捐物資的名義出現，要謝小桐代獻愛心。

"我教過你，你完全可以自己捐。"謝小桐說，"算上今天，已是第五回了。"

"我是可以自己捐，但如此一來就沒藉口見妳了……別誤會，我只是把妳當妹妹看待，因為我本身也是孤兒，所以很嚮往有一個妹妹來疼愛。"

這個回答觸動了謝小桐內心深處最柔軟的那根弦，本來她對寧韋的大方捐獻已有好感，再聽說他和成田駿一樣，也是無父無母的孤兒，心又與他更靠近一些。

"謝謝你的誠實，我很高興你把我視為妹妹，那我就叫你一聲寧哥吧！"她說。

"好的，桐妹，從今以後就由我罩妳，妳完全可以信賴我這個哥哥。"他答。

沒過多久，公安消防部門忽然派人上門檢查，最終指出游泳學校的消防設備不齊全且佔用消防通道，即使謝小桐後來做了整改，仍收到"天價"罰單。

謝小桐氣不過，向寧哥抱怨了幾句，沒想到這位半路殺出來的哥哥很快就擺平一切，連罰款也不需繳納，讓謝小桐很是感激，殊不知這只是一場戲，花點兒小錢就能辦到。

一天夜裡，這對"兄妹"到酒吧小酌，也許喝高了，謝小桐對寧哥敞開心扉，吐露對"某個男人"的思念……

"這個男人現在在哪兒？"寧韋問。

"我也不清楚，自從上回不歡而散，我已經有好幾個月沒他的消息了。"

"如果他再次聯繫妳，妳可要告訴我啊！"

“為什麼？”

“因⋯⋯因為我也想見見他，順便替妳把關。”

謝小桐表示不妥，因為“那個男人”目前腹背受敵，越多人知道他的行蹤越不利。

“可是我也擔心妳的安危啊！”寧韋說。

“沒什麼好擔心的，”謝小桐搖晃手裡的酒杯，接著一飲而盡，“也許他再也不會聯繫我。”

幾天過後，謝小桐忽然開口邀請寧哥到她家坐坐，原因是她父親懷疑她交上男友了。

“怎麼妳父親會有這麼奇怪的想法？”他問。

“因為我很少夜裡出門，尤其還和男性喝了酒。”她答。

“妳父親可真是個老古板，都什麼世紀了？”

話音一落，謝小桐明顯變了臉色，寧韋遂改口見見也好，時間就訂在週四晚上。

到了約定時間，寧韋提著大包小包上門，謝父謝母對他很客氣，且這種客氣一直維持到客人離開。

“我不喜歡他，”謝母一關上門便說，“一雙眼睛賊溜溜的，像在打什麼主意。”

“我也覺得他怪怪的，”謝父說，“哪有人連自己的辦公場所都說不清楚？”

謝小桐倒不覺得寧韋的眼睛有任何問題，但答不出自己的辦公場所的確很蹊蹺，不過她仍堅信對方一定會有個合理的解釋，果然⋯⋯

“實話告訴妳，我是個便衣警察，這也是我不穿警服且不開警車的原因。”他答。

經寧韋這麼一提，謝小桐記起兩人第一次在舅舅家相遇的情景，當時的他正執行公務，可是既沒有穿警服，開的還是一輛普通汽車。

這麼一"對號入座"，寧韋還真有可能是便衣警察。

"就算你是便衣警察好了，也應該清楚自己的辦公場所，不是嗎？"她說。

"我當然清楚，但我怕妳父親會上我的工作單位問東問西，這豈不是暴露我的身份？哪有便衣警察這麼不小心的？我擔心自己會因此被上級領導責罰，甚至丟了工作。"

謝小桐一琢磨，寧韋的瞻前顧後不無道理。

"你也太難了。"她無比感慨地說。

"這還不是最難的部分，最難的是現在連桐妹妳也開始懷疑我了。"

"噢！不，我不是故意的……我沒有……對不起……"

見狀，寧韋的內心大笑不已，但做戲做全套，"神情哀怨"的他最終還是原諒這位"單純"的妹妹，兩人很快重歸於好。

第四十五章/知女莫若父

清明節即將到來，當謝家忙著上山掃墓時，謝小桐忽然又收到一張來自峇里島的明信片，只是上面的風景不是情人崖，而是烏布皇宮。

"搞什麼？"謝小桐憤然將明信片扔桌上，"我可不是招之即來，揮之即去。"

然而只一會兒工夫，她又將明信片拾起，邊看邊思忖該何時出發？……

"爸，媽，掃完墓我想出國一趟。"謝小桐說。

"出國？上哪兒去？"她父親問。

"……峇里島。"

"妳不是已經去過了？"

"是去過了，但我還沒去過烏布皇宮。"

"那正好，"她母親接棒，"我和妳爸也沒去過，咱們就一塊兒旅遊吧！"

謝小桐無語了，她父親瞧出了端倪，立即出手相救。

"老太婆，"他說，"妳不是想去臺灣嗎？怎麼又變卦了？"

"這不妨礙啊！我們可以兩個地方都去。"

"當然妨礙，我的那點兒死薪水可不經花。"

謝母想了想，雖然她未必會愛上臺灣美食（聽說是甜口的），但此行主要是買書，這個很重要，因為她想買的書在大陸無法出版，卻能在台灣輕鬆購得。

"我看我還是去臺灣吧！小桐，妳就一個人去峇里島。"她母親宣佈。

話音一落，謝小桐喜形於色，她父親全看在眼裡，心裡隱隱感覺不妙。

當日夜裡，謝小桐又被叫進書房。

"妳去峇里島見誰？"她父親開門見山地問。

"沒……沒見誰啊！"

"我以為妳已經知道誠實的重要性。"

謝小桐表示她當然知道誠實的重要性，只是連她自己也不清楚是不是到峇里島見人，因為一張明信片說明不了什麼。

為了解釋得更加透徹，謝小桐把上回收到情人崖明信片一事也一併告知。

"也就是說妳和成田駿還偶有聯繫，而這個人總是來無影去無蹤？"謝父下結論。

"你要這麼理解也可以。"

話甫歇，空氣冷得令謝小桐膽寒，她覺得有必要講講自己的真實想法。

「我知道我不該再理這個人，可……可是就是忍不住啊！我也不清楚這到底是怎麼回事，有時真恨不得打自己幾耳光。」她說。

「小桐，我認為妳應該就此打住，在一切都還來得及的時候。」她父親語重心長地答。

「來得及什麼？」

「來得及不讓自己墜入深淵。」

父親的話無疑拉響警鐘。

幾度深思過後，謝小桐決定止步，而且為了讓自己無後路可退，她選擇與父母同遊臺灣。

就這樣，掃完墓的隔天，他們仨啟程飛往海峽對岸。

在臺灣的一個禮拜裡，他們去了很多景點，包括故宮博物院、日月潭、阿里山和墾丁公園，也吃過不少在地小吃，譬如鹽酥雞、飯糰、蚵仔麵線、肉圓、豬血糕、魷魚羹……等。當然，謝母也如願以償地買到她心心唸唸的書。

「都是繁體字啊！」謝小桐邊翻書邊說，「妳看得懂？」

「多閱讀就懂了。」

在謝小桐看來，同為炎黃子孫卻有兩種文字很奇怪，不過奇怪歸奇怪，影響畢竟有限，因為多少能猜出七七八八，哪像在峇里島，大字一個不識，更糟的是連英文也很少標註，這就很不便利了……

到了吃飯時間，謝小桐一家走進西餐廳吃烤肋排，好吃是好吃，但她認為還是峇里島南部的那一家更入味些……

「我是怎麼了？」謝小桐自言自語，「為什麼老想著峇里島？」

假期結束後，他們搭機返回國內。當飛機抵達上海時，謝父問女兒：“上海飛峇里島的班機多不多？”

“應該很多，畢竟上海是個國際大都市。”

“那妳還不快買張機票？”

謝小桐硬是愣了好幾秒鐘才被點醒，接著畏畏縮縮地問為什麼？

“因為妳魂不守舍的，與其內耗，倒不如讓妳直接面對現實，殺傷力或許還小些。”

“可是媽……”

“等她上完廁所回來，我會找個理由搪塞過去，妳不用擔心。”

從小到大，謝小桐從未像此時此刻一樣與父親的心靠得如此之近。

“謝謝爸，”她親了父親一下，“等我回來哈！我會帶當地的土特產給你……和媽。”

第四十六章／不請自來

從收到明信片算起，時間已過去十多天，謝小桐沒把握成田駿還會在皇宮等她，但她還是第一時間趕過去，可惜皇宮大門沒有他，皇宮裡面也沒有他，上午沒有他，下午也沒有他，晚上關門前依舊還是沒有他。

謝小桐很失望，神情萎靡地回酒店……

"晚安，妳看過烏布皇宮的雷貢舞了嗎？"酒店的前臺工作人員問。

"看過了，很精彩！"謝小桐有氣無力地答。

工作人員會這麼問，一點兒也不突兀，因為酒店就在烏布皇宮附近，直線距離不到一百米。

"那妳也不能錯過克差舞劇，演出地點就在Pura Dalem，離這兒不遠，只有幾百米。"那人繼續說。

"好，如果有空的話。"

任何人都聽得出話裡的敷衍（這當然也包括酒店的前臺工作人員）。

"不看克差舞劇沒關係，"那名年輕的峇里島女人說，"拍拍照也行，畢竟Pura Dalem是烏布最重要的寺廟之一，和皇宮一樣都擁有華麗的石雕、漂亮的庭院和裝飾精美的山形門。"

聽到Pura Dalem跟皇宮相像，謝小桐來了精神。

"這是皇宮還是Pura Dalem？"她掏出明信片問。

"是Pura Dalem，一看就知道。"女人胸有成竹地答。

也許當地人一看便知曉，但謝小桐是觀光客，以前也未曾去過烏布，她要如何分辨？

"謝謝！"她答，"明天我就上Pura Dalem瞧瞧。"

隔天吃完早餐，謝小桐果然徒步走向Pura Dalem。還真別說，若只看建築不看佈局，某些角度的確像極了皇宮，真要找出不同之處，莫過於善惡之門（Pura Dalem有，而皇宮無）。

所謂的善惡之門即兩扇對稱的三角形門（像從中間均勻劈開），銳角朝天，分別代表善與惡。這種完全對等的關係也恰恰表達峇里人對待善惡的態度——善與惡不會因人的好惡而消長，兩者是相依並存的對立統一體。

此刻的謝小桐正行經Pura Dalem內的善惡之門，並且往階梯下方走去，突來的一聲"桐桐"讓她頃刻間石化了。

"桐桐。"見對方沒反應，那人再度喊。

謝小桐把即將奪眶的眼淚給逼回去，繼續前行，成田駿不得不趕上。

"這位先生，你有事嗎？"她冷冷地問。

"桐桐，別孩子氣了。"

"誰孩子氣了？好幾個月沒消沒息，忽然想起來就勾勾手指頭，你當我笨還是賤？"

“不許妳這麼說自己！”成田駿收起笑臉，“妳知道我已經在這裡苦等妳近兩個月了嗎？”

“誰信？”

“不信妳看郵戳便知道。”

謝小桐掏出明信片一看，上面果然蓋著二月份的郵戳，而現在已是四月中旬。

“怎麼寄個明信片需要那麼長的時間？”她喃喃道。

“時間長才正常，如果很快收到反倒不正常，問題是打從寄出明信片的那一刻起，我就時不時上這裡來，明知妳不會那麼快出現，但……就是忍不住。”

一句“忍不住”讓謝小桐既好笑又心疼。

“傻瓜！”謝小桐睨了他一眼，“大傻瓜！”

本來該有的風暴竟在一來一去的對話中化為烏有，還真是神奇！

“妳住哪兒？”成田駿問。

“當然是酒店，離這兒大約十分鐘的步行距離。”

“那我們先找個地方吃點兒東西，吃完我陪妳回酒店收拾行李。”

“好。”

這一次，謝小桐待在烏布直到五一假期結束，殊不知有個人也在同一區域待了那麼多天，不湊巧的是兩人一次也沒見著面。

“爸、媽，我回來了。”謝小桐一進門就喊。

“怎麼這次出差這麼久？”她母親問。

謝小桐看了父親一眼，後者使了個眼色，她立即秒懂。

"是久了點兒，所以一結束，我就趕回來了。"她答。

"孩子回來就好，"她父親開口，"何況小桐也不是音訊全無，她還給妳發了照片和錄像，不是嗎？"

"可是發的都是風景，誰知道是不是她本人發的？"她母親嘆了口氣，"還不如寧警官，人家至少出現在照片中，又是寺廟，又是猴子的。"

話音一落，另兩人嚇壞了，異口同聲地問："怎麼寧警官也上峇里島？"

"我告訴他的，他說他也跟過去瞧瞧。"謝母答。

謝小桐聽完，心中喀噔了一下，莫非寧哥跟蹤起她來？

"媽，妳為什麼要告訴別人我在峇里島？"謝小桐質問。

"咦！人家問，我還不讓說？又不是幹了什麼見不得人的事。"

謝母說者無意，但謝小桐卻聽者有心，臉青一陣紫一陣的。

"好了好了，事情過去了就別再討論了。"謝父轉向女兒，"妳不是說帶了土特產給我和妳媽嗎？"

謝小桐被點醒，趕緊遞上一個黃色紙盒，說："這是峇里島最出名的香蕉蛋糕，請父王母后笑納。"

因為土特產的出現，謝父開始沏茶，為接下來的下午茶時間做準備……

第四十七章／第三張明信片

知道寧哥跟蹤她後，謝小桐留了個心眼，開始與他保持距離，寧韋也察覺到了，直接找她要說法。

"沒什麼，最近忙。" 她答。

"忙什麼？" 他不懈地問。

"忙……這你就不用管了。"

" 如果我猜的沒錯，妳是因為我跟著妳到峇里島，所以心有芥蒂，對吧？妳怎麼就不想想我為什麼要這麼做？還不是為了幫助同為警察的那個男人？他為了國家赴湯蹈火，如今卻淪落到四處漂泊的境地，總得有人幫幫他，不是嗎？"

謝小桐聽完，羞愧難當，怎麼自己就把人往壞裡想，平白誤會了一個好人？

" 對不起，是我的錯，早知如此，我鐵定會告訴你行蹤，因為成田駿也正等待冤屈被平反的一天。"

"原來那個男人叫成田駿。" 寧哥說。

謝小桐不小心道出真名，此時此刻也只好承認。

"那好，快告訴我他現在在哪兒？我即刻啟程。"那人又說。

其實當謝小桐與成田駿道別時，後者就已表明會搬家，所以即使現在趕過去，仍是撲空。

聽完後，寧韋緊接著要聯繫方式，當得知兩人的聯繫僅憑一張明信片（何時寄出還沒個準）時，立即爆發了。

"幹！"寧韋咆哮，"屌他娘的！"

謝小桐好不訝異，此人怎麼說翻臉就翻臉？這還是她認識的寧哥嗎？

寧韋也意識到不對勁（此時的謝小桐正瞠目結舌地看著他），猙獰的面孔瞬間消失。

"不好意思哈！"他說，"這是我的口頭禪，不是罵人，妳千萬別誤會了。"

"沒……沒關係，我有時也罵人，只是會罵得文明點兒。"

"是是是，這壞習慣得改，我受教了。"

後來，寧韋銷聲匿跡了好一陣子，謝小桐也因忙於工作，這件事就這麼不了了之了，直到謝小桐的舅舅又提起這個人。

"什麼？寧警官來應聘保鏢的工作？"謝小桐驚訝問道。

"沒錯，妳說奇怪不奇怪？"

此事已經不能用奇怪來形容，而是匪夷所思。

"你僱用他了嗎？"謝小桐問。

“既然是警官，肯定有兩把刷子，當然僱用了。”她舅舅停頓了一下，“誰能想到第一次見面時還是警民關係，第二次就成了僱傭關係，這大概就是所謂的緣分吧？！”

“不對呀！”謝小桐說，“中間應該還見過一次，就是你讓寧警官追求我的那一次。”

“我讓寧警官追求妳？”她舅舅揚起聲，“怎麼可能？我和他還沒有熟到那個程度。”

這下子謝小桐不淡定了，此人究竟是人是鬼還是魔？

離開舅舅家後，謝小桐第一次主動聯繫寧哥，電話裡的他聲音沙啞，時不時還咳嗽兩聲。

“你還好嗎？”她問。

“不好，昨天從妳舅舅家離開後就覺得喉嚨發癢，吃完藥很早就上床睡覺，沒想到還是中招了，咳咳，妳有什麼事嗎？”

“沒什麼，只是問候一聲。”

“肯定有什麼，說吧！咱倆之間別兜圈子。”

謝小桐想了想，還是道出心中疑慮，豈料對方雲淡風輕地表示那不過是為了套近乎所找的藉口，是真是假不重要。

“我認為很重要，”她答，“如果想維持這段友誼，我希望你真誠待我。”

“成田駿真誠待妳了嗎？”

“當然。”

此時電話那頭傳來爆笑聲，謝小桐很不悅，責問他為什麼笑？

「妳搞錯了，是我的室友在笑，不是我，咳咳，我生病了，怎麼笑得出來？」

話甫歇，笑聲又傳來，而且相當清晰。

「看來你的室友很愛笑，那我掛了。」她說。

「隨便妳。」

掛斷電話後，謝小桐像吃了一顆爛蘋果，她開始回想與寧哥相處的點點滴滴，越想越不對勁，怎麼這個人亦正亦邪且心思跳來跳去（幾個月前還說要為成田駿申張正義，幾個月後又離職當保鏢去），這正常嗎？

因為對周遭有了戒心，謝小桐變得格外小心，然而再怎麼小心，母親還是攔截到那張明信片。

「怎麼這張明信片上只寫了收件人的姓名和地址，其他全無？」她母親問。

謝小桐搶下明信片，答：「是我朋友寄的，他這個人很懶。」

「朋友？妳的這個朋友看海豚去了？」

「是……是的，馬爾代夫有很多海豚。」

謝小桐這麼答是為了誤導母親，因為害怕她又向外人透露家中信息，不得不未雨綢繆。

回到房間的謝小桐開始研究峇里島哪裡可見到海豚，得到的答案是——很多地方都見得到，但最著名的還得是羅威納。

「看來我又得上路了。」她喃喃道。

第四十八章/插翅難逃

謝小桐告訴父親自己又要到峇里島見成田駿，可是母親那邊得到的訊息卻不一樣（地點在馬爾代夫，出行目的是為了見朋友）。

"知道了，我不會洩密的。"她父親停頓了一下，"小桐，妳打算就這麼偷偷摸摸下去？"

"當然不是，一旦真相大白，我和成田駿也能像正常人一樣，光明磊落地行走在大街上。"

"那要等到什麼時候？萬一一直無法水落石出，你倆豈不是永遠活在陰影下？這是妳想要的嗎？"

這當然不是謝小桐想要的，但如果拿這個去問成田駿，他肯定又把問題丟還給她，讓她自行決定要不要繼續下去，而她已經愛他愛到無法自拔，這彷彿在問她要不要呼吸？除非她想了結性命，否則哪能說斷就斷？

"咳咳，"她故意咳嗽兩聲，好開始接下來的談話，"我當然不想活在黑暗之中，相信成田駿也一樣，所以這次我打算勸他自首，就算最終無人能證明他的清白，關個

幾年再出來，仍是好漢一條，那也勝過目前的東躲西藏
。"

"這倒是個辦法，可是他會同意嗎？"謝父又問。

"不知道，我只能盡力說服他。"她答。

另一廂，一時抓不到成田駿的蕭老闆決定先把楊守光這
塊大肥肉拿下，據說此人的手裡有好幾千枚比特幣，以
目前的行情計，那就是幾十億，意即只要幹了這一票，
就能確保自己和身後好幾代人都過上奢靡的幸福生活。

"聽著，"蕭老闆對寧韋說，"你得在最短的時間內得到
楊老闆的信任，同時幹掉另外幾名保鏢。"

"你娘的！他總共有6名保鏢，三班倒，你的意思是要
我殺掉另外5位？"

"誰讓你殺人了？我的意思是挑撥離間，想辦法讓楊守
光辭退這些人，好換上咱們的自己人。"

寧韋心想辭退1人還好辦，辭退5人可是難如登天，然而
蕭老闆卻表示這就是他拿高薪的原因，天底下可沒有白
吃的午餐。

"知道了，"寧韋答，"這件事就包在我身上，不過時間
會拉長，幾個月是要的。"

"時間長沒關係，我剛好趁這段時間把那個叛徒揪出來
，以儆效尤。"

蕭老闆可不是隨便說說而已，他真派人將謝小桐的助理
撞傷，好讓自己人頂替上。如此一來，一有風吹草動，
他立馬就能知曉，果然……

"謝小桐坐明晚10:15的班機飛峇里島。"尤嘉莉打來電
話，她正是謝小桐新僱用的助理。

“酒店有嗎？”

“有，待會兒發。”

蕭老闆思忖班機有了，酒店也有了，成田駿這次就算插翅也難逃了。

想至此，這個男人邪惡地笑了。

第四十九章/突發事件

昨天飛機晚點，加上陸路折騰，謝小桐只睡了一會兒即從床上爬起，稍微梳洗一下後便出門。此時外面仍是漆黑一片，但路上的野狗已經開始作業，它們衝著絡繹不絕的行人和汽車狂吠……

是的，謝小桐訂的酒店鄰近碼頭，步行只需10分鐘，方便與成田駿重逢，可是即使海面上的蜘蛛船都駛離了，依然不見那人的蹤影。

據說錯過日出的這一撥，正午和傍晚還有兩撥，於是謝小桐在碼頭附近溜達，希望能與心上人來個"不期而遇"，可是這個願望依舊落空，並且在接下來數天持續落空。

"不管了，我也追海豚去，總不能白來一趟吧？！"她心想。

次日，追完海豚的謝小桐從船上下來，小販們一湧而上，兜售的全是紀念品，好比冰箱貼、木製品、T恤、飾品……等。

"這個多少錢？"謝小桐指著一條珍珠項鏈問。

“4○萬。”售貨大媽答。

謝小桐換算了一下，大約2○○元人民幣，貴是不貴，但她還是習慣性砍價。

“2○萬。”她說。

“18萬。”對方還價。

當謝小桐就要接受時，帶著鼻音的聲音忽然出現，接著過五關斬六將，最終以8萬印尼盾成交。

“需不需要我幫妳戴上？”成田駿問。

“嗯！”

戴好後，謝小桐問是她美還是項鏈美？

“都美，咳咳，美人選美物嘛！”他答。

“你怎麼了？是不是感冒了？”

“是的，我已經病了一個多禮拜，今天好點兒，才上這兒來。”

謝小桐一聽急壞了，忙問他要不要緊？有沒有發燒？吃藥了沒？

成田駿答最糟糕的時候已經過去，否則他也不會在這裡出現。

“那就好，看來最近病毒肆虐，連你也感冒了。”她說。

“連我？還有誰也感冒了？”他問。

“寧韋，我叫他寧哥，他和你一樣是孤兒，而且同為警察。”

聽說謝小桐認識了一名警察，成田駿如臨大敵。

"別緊張，"她趕緊給定心丸，"他知道你的情況，也願意幫助你，可惜這個人現在是我舅舅的保鏢，不再是警察了。"

謝小桐不解釋則已，一解釋，成田駿只覺得天旋地轉，怎麼女生都守不住"祕密"？更甚的是竟然還告訴警察，這是什麼神仙操作？

然而此刻說什麼都為時已晚，他只能將不滿壓下，改講一些不著邊際的話。

"妳舅舅肯定是大人物，所以才需要保鏢。"他說。

謝小桐笑了，表示自己的舅舅不過是一名普通人，不算什麼大人物。

"是嗎？他叫什麼名字？"成田駿接著問。

"楊守光，木易楊，保守的守，光明正大的光。"

"楊-守-光，好，我記住了，我們現在上哪兒？"

謝小桐說她想四處逛逛，不過在這之前，她得先回酒店洗個澡，再換身乾淨的衣服。

"行，就照妳說的做。"他答。

與此同時，蕭老闆的小弟也就位，正等待一個合適的時機下手……

"駿，你幹嘛拉上窗簾？"回到酒店房間的謝小桐問。

"妳不是要洗澡？"

謝小桐想想也對，所以拿上衣服走進浴室，再出來時，成田駿對她做了個噤聲的動作，同時遞過去自己的手機，屏幕上寫著——有危險，別說話，妳現在讓酒店送廁紙過來，等送過來後，妳跟著服務員走出房間。

"你呢？"她張嘴說，但無聲。

成田駿指向廁所窗戶。

"這裡是二樓。"她又張嘴說，依舊無聲。

成田駿拍拍她的肩膀，接著走向洗手間。

當洗手間不再有聲響時，謝小桐拿起電話撥打客房服務。等廁紙送到，她立馬出門，連送廁紙的服務員都覺得奇怪，怎麼這位客人緊跟在後，就差身體接觸了？

雖然離開了"一級戰區"，但謝小桐依舊惶恐不安地待在酒店大廳，直到近午夜才不得不回房，然而一想到危機還未解除，她又踅了回來，最後才想出一招——向酒店前臺要求換房，理由是房間內有壁虎。

還好當晚酒店有空房，她如願換了房，可是一換完她就後悔，萬一成田駿回來了怎麼辦？

就這樣，她一夜輾轉反側，並且在接下來數天持續輾轉反側，直至假期的最後一天，她也沒能如願睡上一次安穩覺……

第五十章/命懸一線的舅舅

從峇里島回來後，謝小桐猶如驚弓之鳥，他父親全看在眼裡。

"怎麼了？"他問。

"沒什麼。"她答。

"妳現在能傾訴的也只有我，說吧！我聽著。"

謝小桐猶豫了一下，還是道出此次的"驚悚之行"。她父親聽完後很是擔心，害怕自己的女兒因此攤上麻煩，甚至丟了性命。

"不會的，他們找的是成田駿，不是我。"

面對女兒的"天真"，謝父明顯清醒很多，他要她到舅舅家待上一陣子，那裡有保鏢，至少人身安全有保障。

"這也太小題大作了，過幾天我應該就能恢復正常，不再疑神疑鬼，所以……真不需要。"她答。

"妳不為自己想，也得為妳母親想，她這輩子都被保護得好好的，何曾受驚嚇？妳不會想讓她因為妳而惴惴不安吧？！”她父親說。

事關母親，謝小桐只好聽話搬出去。

對於外甥女的到來，楊守光敞開雙手歡迎，不僅好吃好喝侍候著，還加僱了3名女保鏢日夜輪流守護。謝小桐沒拒絕，但不免感到好奇——怎麼舅舅的保鏢換了好幾張新面孔？

面對疑問，她舅舅的答覆是——寧警官說保鏢每隔一段時間得換一批，免得因為了解僱主太多而帶來危害。

“他現在是你的保鏢，怎麼你還喊他寧警官？”謝小桐不苟同，“還有，他這麼說是不是也把自己包含進去？我看最該換掉的反倒是他。”

“咦！為什麼最該換掉的反而是他？”她舅舅問。

於是謝小桐道出這段時間以來對那人的觀感——從沒感覺到不喜歡，再從不喜歡到喜歡，接著又從喜歡到如今的敬而遠之，彷彿坐過山車似的。

“哈哈！妳想多了，能當警官的人應該差不到哪裡去。”她舅舅答。

這個回答讓謝小桐忽然想到要如何證明寧韋就是警察？他連自己的辦公場所都答不出來，也許他壓根兒就不是警察。

有了這個想法後，謝小桐立即撥打報警電話。

“這裡是110，請講。”對方說。

“我懷疑有個人不是警察，你們能查一下嗎？”

“警號多少？”

“不知道，但有姓名，他叫寧韋，寧靜的寧，呂不韋的韋。”

等了一小會兒，對方答："有了，他是消防大隊的民警，警號為○4****。"

謝小桐心想——原來寧哥真的是警察，還是消防大隊的，難怪幾個月前他能輕鬆擺平公安消防部門開出的"天價"罰單，可是舅舅為什麼介紹他是電信偵查大隊的警官，而他本人也沒否認，甚至日後還表示自己其實是一名便衣警察？

"還有什麼能幫到您？"手機那端問。

"沒有了，謝謝！"

掛斷電話後，謝小桐懸著的心終於可以放下（只要寧韋的警察身份不假就行，其他次要），殊不知接線員輸入的人名是寧偉，不是寧韋。

反觀蕭老闆這邊，派出的小弟再度攻敗垂成已讓他怒火攻心，而幾天後傳來的消息（成田駿的心上人入住楊守光家）更是火上加油。

"聽著，"蕭老闆氣急敗壞地對寧韋說，"把那個姓謝的女人趕出楊家，不管用什麼法子。"

"她不過是個弱女子，不礙事的。"

"幹！你是老闆還是我是老闆？雖然我已滿手血腥，但非必要，我是不殺人的。"

蕭老闆的這番話無疑宣告楊守光已命在旦夕。

"行，這件事就包在我身上。"寧韋答。

第五十一章／一箭雙鵰

蕭老闆下令驅趕謝小桐，可是這個女人的身邊有保鏢保護著，"理應"很難下手才是（雖然安插的是自己人，但若輕易失職，到時候很難自圓其說）。

思前想後，寧韋決定將目標轉向謝小桐的家人，首選便是她的父親。

這一天，走出校門的謝父行色匆匆，絲毫沒注意到自己已處在虎尾春冰的境地……

"等等，現在還不是時候。" 寧韋對小金說。

"怎麼不是時候？"

"你沒看到四周圍都是學生，萬一傷及無辜怎麼辦？"

"他娘的！我還不知道你有一副菩薩心腸。"

其實不是寧韋仁慈心善，而是死傷的人數一多，事情就鬧大了，更加不好辦。

小金聽完，表示清楚了，於是寧韋下車去，好把過錯全推到這個新來的小弟身上。

半個小時過去後，寧韋的手機響了5聲即停，這是小金發來的暗號，代表事情已搞定。

回到楊家的寧韋不免喜形於色，與神色慌張的謝小桐一對比，那真是天差地別。

"桐妹，妳上哪兒去？"寧韋明知故問。

"我父親出車禍了。"她一臉憂鬱地答。

"怎……怎麼會呢？"他努力克制想笑的衝動，"我陪妳去……等等，不行，待會兒我得上崗。"

"不用了，有小趙陪著就行。"

寧韋望向小趙，兩人迅速交換一下眼色。

"小趙，妳得保護好謝小姐。"他一本正經地說。

"當然，保護謝小姐是我的責任。"她表情嚴肅地答。

從表面上看，這兩人是上下屬或同事關係，其實不然。

（註：因為謝小桐的忽然到來，楊守光極需僱用3名女保鏢，為了湊齊人數，寧韋不得不把手無縛雞之力的女友趙新柔也派上用場。）

夜裡，從外面歸來的楊守光聽說姐夫出車禍了，立即驅車前往醫院，同行的寧韋這才第一次看到自己策劃的成果——謝小桐的父親右腿打上石膏，雙手和臉頰有不同程度的擦傷。

"怎麼正常過個馬路也會被撞？那人眼瞎了不成？"楊守光憤怒問道。

"聽說是失業後心情不好，喝了點兒小酒，所以……"謝小桐答。

"那就是酒後駕駛。"楊守光下結論，"不管前因為何，犯錯就得付出代價。"

此時躺在病床上的謝父擺了擺手，表示算了，因為肇事方是他執教學校的畢業生，加上本人又失業，身上肯定也沒什麼錢……

“他說他是你執教學校的畢業生？”寧韋突然開口問，心裡想的卻是這小弟夠機靈，知道怎麼直擊對方的軟肋，假以時日必成大器。

“他是這麼說的。”謝父答，“對了，你怎麼在這裡？”

“我是楊老闆的保鏢。”

“我以為你是警察。”

寧韋給的解釋是——警察賺的沒保鏢多，所以他棄暗投明了。

“你說錯了，”一直保持沉默的謝母說，“棄暗投明是比喻脫離黑暗勢力，走上光明道路，除非你的意思是警界很黑暗。”

寧韋還真不知自己錯用了成語，但再一想，警界難道不黑嗎？

“哈哈！有些事挑明了說就沒意思了。”寧韋答。

由於講到敏感話題，加上不大的病房裡擠進了7個人，楊守光要保鏢們全退到病房外。

被逐出病房的寧韋和小趙無事可做，只能眉目傳情，然而越“互訴衷腸”就越血脈僨張，到最後天雷勾地火，兩人很有默契地走進公廁，再出來時，又是另一番景象。

“我不喜歡偷偷摸摸的，”小趙臭著臉，“尤其還在廁所裡。”

“耐心點兒，等幹完這一單，我們就領證。”寧韋邊洗手邊答。

“真的？”

“當然是真的，我以我父母的性命發誓。”

想當初，寧韋要趙新柔充當保鏢，她的第一反應是拒絕，但拗不過男友的死纏爛打，最後還是關了服裝店當保鏢去，可是她總不能這麼無休止地閉店下去，還好今日寧韋承諾事成後給她一個名份，也算是給了期限，否則真待不下去，因為上班期間既不能玩手機，也不能坐下來歇歇腿，簡直是酷刑！

解決完生理需求的寧韋和小趙重回工作崗位，另一名男保鏢則視若無睹，彷彿什麼事都沒發生過（哈！自己人就是有這等好處）。

半個小時後，楊守光從病房內走出來。

“老闆，回家？”寧韋問。

“嗯！”

“謝小姐也回嗎？”

“她留在醫院，等她父親出院後，她跟著回她家。”

“那小趙、小丁和小江呢？”

寧韋指的是最近加僱的三名女保鏢。

“她們三位依然保護謝小姐，費用我出。”楊守光答。

這正中寧韋的下懷，既達成了蕭老闆指派的任務，又能掌握謝小桐今後的動向，可謂是一箭雙鵰！

第五十二章 / 螳螂捕蟬

蕭老闆的計劃是等楊守光身旁的保鏢都換成自己人後即動手，偏偏不論怎麼使出渾身解數，楊守光就是不願辭退小馬和老汪，因為這兩人跟了他十多年，早已"不是親人卻勝似親人"。

"看來只能製造一些小意外了。"蕭老闆對寧韋說。

解決小馬倒沒什麼難度，因為此人天生對花生過敏，這是同事間都知道的"祕密"，眼下只需讓他過敏即可。

果然過敏後的小馬反應劇烈，不僅氣短，還發出哮鳴聲，看起來非常恐怖。經緊急送醫後，小馬的小命總算是保住了，但若想恢復到從前的狀態，據醫生說還需要好長一段時間的復健。

現在就只剩老汪了。

當寧韋還在想如何解決這個仍身手矯健的老傢伙時，謝小桐那邊出狀況了。

"妳說謝小桐過兩天飛峇里島？"蕭老闆在電話中問。

"小丁是這麼說的。"寧韋答。

"趕緊讓保鏢跟上。"

"不需要3個都上吧？！謝小桐也不會同意。"

"那你覺得讓哪個上好？"

寧韋想都不想，直接推薦小趙。

"這個小趙的身手如何？"蕭老闆問，"我可不想再失敗一次。"

"放心，靈敏得很。"

寧韋之所以推薦小趙，全是私心使然，因為他和另兩名女保鏢正發展戀情，趁著"正宮"離開，他剛好可以讓這兩段感情更加牢固，至於派出的保鏢（小趙）給不給力……那不重要，因為謝小桐只是個餌，當螳螂捕蟬時，只要確保黃雀在關鍵時刻不掉鏈子即可。

"另外幾人也安排妥當了嗎？"蕭老闆又問。

"是的，已經安排好了。"

聽到這個回答，蕭老闆滿意地掛上電話，接著走向窗口，窗外全是低矮的房子和高高低低的樹，空氣中則有下雨過後混雜新鮮泥土與青草的氣味……

"如果不是被成田駿擺了一道，我何苦窩在這鄉下地方？等拿到楊守光的比特幣，怎麼也得想方設法潤到先進國家去，這東躲西藏的日子，我真他媽的受夠了。"他心想。

第五十三章/早安，峇里島

在謝小桐及其母親的悉心照料下，車禍受傷的謝父已經可以行走，就在這時候，一張明信片翩然而至。

"爸，後天我想飛峇里島。"謝小桐說。

"他又寄明信片來了？"

"嗯！"

"我認為妳應該斬斷這段關係，因為它已經不健康了。"

謝小桐認為即使是不健康的關係，也應該當面說清楚，否則如鯁在喉，更加難受。

"妳的意思是此行是分手之旅？"她父親問。

"……嗯！"

"那好，我支持妳去，不過前提是妳必須帶上保鏢。"

謝小桐當然不同意，可是拗不過父親的堅持，只得點頭，不過堅決只帶一位。

“也好，那名保鏢可以跟妳睡同一間房，人數多了反而不好辦。”

謝小桐還想著與成田駿纏綿，有外人在，咋整？不過眼下也只能接受（否則過不了父親那一關），心想到時候再見機行事吧！

到了出行的日子，來的人居然是小趙，非她指定的小江。

“小江呢？”謝小桐問。

“我怎麼知道？再說，機票訂的是我的名字，她來幹啥？”小趙反問。

謝小桐很不解，她明明指定脾氣溫和的小江跟她一塊兒去峇里島，怎麼來的竟然是耐心明顯不足的小趙？而在小趙看來，她也不願跑這麼一趟遠路，奈何這是工作，她只能硬著頭皮接下，孰料謝小桐卻哪壺不開提哪壺，如果能選擇，她倒寧願讓小江頂替她。

上了飛機後，謝小桐主動打開話匣子，問小趙是不是一直從事保鏢的工作？

“當然不是，我以前開服裝店的。”她答。

“服裝店？這跨度跨得著實有些大，為什麼不繼續開下去？”

“為了愛情，因為幹保鏢能賺更多，等存夠錢，我就要和男友領證結婚了。”

“那恭喜了。”

“妳呢？有沒有男朋友？”

謝小桐猶豫了一下，還是選擇說實話，因為她希望小趙屆時能成全。

"行，"小趙很爽快地答應下來，"到時候我住其他房間，留你們小倆口卿卿我我。"

想當初寧韋把女友招進來當保鏢，只大略解釋一下原由（安排自己人是為了更好地搶劫楊守光），有關謝小桐的部分則隻字未提，這導致趙新柔誤以為自己就是來"扮演"女保鏢的，壓根兒就沒把這次的峇里島之行當一回事兒。

"謝謝！"謝小桐說，"將來妳結婚，可別忘了通知我，我一定會出席，並且包一個大紅包。"

"那有什麼問題？我想寧韋也會高興見到妳。"

"寧韋？你們兩個……"

此時的趙新柔才發現自己說漏嘴了，既然木已成舟，她索性也就承認了。

謝小桐萬萬沒想到眼前的保鏢竟是寧韋已經談婚論嫁的女友，一時不免心慌意亂，因為那個男人已經失去她的信任，那麼他的女友還值得相信嗎？

由於心生警惕，謝小桐對接下來的談話不再那麼"推心置腹"，還好小趙並沒有察覺出異樣，吃完飛機餐便沉沉睡去，再醒來時已是晨光熹微。

"醒了？"謝小桐說，"妳的睡眠質量可真好，送餐時我都沒敢叫醒妳，現在餓嗎？要不要我讓空服員送早餐給妳？"

"不了，"她揉揉睡眼，"剛醒來沒什麼胃口，我倒是想上一下洗手間。"

等趙新柔從洗手間回來，飛機開始下降，機長宣佈大約半個小時就能抵達峇里島的伍拉·賴國際機場。

"今晚我們住哪兒？"小趙問。

“神鷹廣場附近。”

“靠海嗎？”

“不知道，沒去過。”

“也就是說妳跟男友約在神鷹廣場見面，對嗎？”

謝小桐遲疑了一下才答沒有，會選在那裡住宿純因酒店便宜。

趙新柔以為再怎麼便宜也應該差不到哪裡去，結果卻大跌眼鏡。

“怎麼這住宿條件和妳家差不多？”趙新柔放下行李後問。

“我家怎麼了？”

趙新柔這才意識到說錯話了，趕緊道歉。

“哈！我家的確不能與我舅舅家比，”謝小桐表現大度，“但一個家的溫暖不在於它大不大或豪不豪華，而在於親情的凝聚力。”

這也是趙新柔的不明白之處，按理說，一個請得起保鏢的人，親戚也應該非富即貴，可是楊老闆的外甥女卻住在一棟老舊的小平房內，吃穿用度還極其“不講究”，這差距可不止一星半點。

“話說得沒錯，但這畢竟是旅行，我認為妳可以稍微對自己好一點兒。”趙新柔說。

謝小桐解釋她父親是教師，母親無業，自己雖然辦了游泳學校，但工資是死的，在此情況下，能出國已經很不易，其他只能省著點兒花。

“可是妳舅舅……”

“我知道，”謝小桐立即截斷她的話，“只要我開口，舅舅絕對能滿足我的一切物質需求，但我不願意，因為逝去的奶奶曾告誡我——收下不屬於自己的東西，最終都會以別種形式失去更多。”

“啥？妳奶奶可真奇……奇怪，換成我有個出手闊綽的舅舅，絕對會竭盡所能地撈，那可是個大金礦啊！不撈難道留著讓人惦記？”

謝小桐聽完，心頭一驚，忙問是誰惦記自己的舅舅？

“妳別誤會，我只是隨便說說而已。”小趙急急地答，“不過話說回來，有錢人的確比較容易讓有心人盯上，這也是妳舅舅僱用保鏢的原因，不是嗎？”

謝小桐想想也對，遂不再鑽牛角尖。

當機長宣佈即將抵達目的地時，謝小桐往機窗外一看，那蔚藍的天空、雪白的雲朵、碧綠的海水，鬱鬱蔥蔥的樹林……依然如故，啊！久別重逢的感覺真好。

“早安！峇里島。”謝小桐忍不住打了聲招呼。

第五十四章/失之交臂

神鷹廣場位於峇里島的南部，廣場內有一座高 120 米寬 64 米的雕像，這座雕像雕塑的是印度教毗濕奴神騎在祂的坐騎（一隻張開翅膀的雄鷹）上。

（註：毗濕奴是宇宙與生命的守護之神，也稱維護之神，是印度教三大主神之一，與濕婆和梵天齊名。）

成田駿寄來的明信片上正有此雕像，想當然爾，此時的謝小桐必然駐足在雕像前。

"妳已經站在這裡一個多小時了。"小趙提醒。

"妳不覺得這個雕像很宏偉嗎？"謝小桐問。

"是很宏偉，但正常人不會一直站在這裡，妳是來旅遊的，不應該到處看看嗎？喏！那邊有臺階，往上爬一定能見到不一樣的風景。"

"不了，我在這裡挺好的，妳想到處看看，請便！"

再三確認謝小桐允許自己離開，並且絕不會秋後算賬後，小趙很好意思地走了。

待謝小桐身旁的女人一走遠，成田駿立馬上前，然而就在離目標不到五十米遠的地方，三名壯漢圍了上去。

"成田駿，別說話，跟我們走。"其中一名說。

"你們是誰？"

話音剛落，成田駿的腹部遭到猛烈一擊，他痛得彎下腰去。

"叫你別說話，你還說？再不聽話，我們連你的女人也一併帶走。"另一名男子說。

怕這三人真的傷害謝小桐，成田駿只得乖乖照做。離去前，他還忍不住回頭望了伊人一眼，可惜得到的依然只是背影。

當成田駿失望轉身的那一剎那，謝小桐剛好回過頭來，兩人算是完美地錯過了。

又一個小時過去後，仍堅持著的謝小桐忽然兩眼一黑，再有意識時，四周圍變得非常陌生。

"妳醒了？謝天謝地，我還以為妳掛了呢！"小趙說。

"我……我怎麼了？"

"妳暈倒了，要不是聽到救護車的聲音，我還不知道妳出事了呢！"

謝小桐左右察看了一下，幾名穿白大褂的人正走來走去，空氣中還有消毒水的味道，想必這裡就是醫院。

"我可以走了嗎？"她問。

"老天！妳想死是不？怎麼也得等醫生看過後再說。"

醫生後來量了謝小桐的體溫和脈搏，確認無礙後，叮嚀幾句便放行。

離開醫院的謝小桐本來還想回到神鷹廣場，奈何身體實在太虛弱，只得聽從小趙的建議——回酒店休息。

隔天，恢復正常的謝小桐仍上神鷹廣場，不過這次她記取了教訓，不僅打了傘，還擦上厚厚的防曬霜，連運動飲料也不忘帶上。

"回答我，妳是不是和男友約在雕像前見面？"小趙問。

"沒有。"

"那就奇怪了，這裡的門票並不便宜，可是妳哪兒也不去，光對著雕像站著。"

"妳別管，再管，小心我投訴妳！"

小趙果然不再囉嗦，後經謝小桐同意，樂得躲在"遙遠"的陰涼處"站崗"。

就這樣，謝小桐天天上神鷹廣場，可是卻次次落空，直到假期的最後一天，眼見就要閉園了，她才終於破防，哭得梨花帶雨。

"我實在不想說妳，但妳這樣是不行的，那男的明顯在玩弄妳，妳還一把鼻涕一把淚。"

小趙不說則已，一說，謝小桐更是哭得慘兮。

"別哭，我請妳喝酒，咱們來個不醉不歸。"小趙說。

後來，她倆驅車前往Rock Bar，這是一個建在岩岸上的酒吧，在海風和酒精的作用下，謝小桐果然感覺好多了。

此時此刻，小趙該做的是轉移注意力，但兜兜轉轉後，她還是忍不住舊話重提。

"依我看，"她說，"妳男友如果不是發生意外，就是鐵定不愛妳了。"

“妳說什麼？”謝小桐問。

“我說他不愛妳。”

“不，前一句。”

小趙想了想，答：“依我看，妳男友如果不是發生意外……”

“發生意外”這四個字直衝謝小桐的腦門，她心想——是啊！他肯定是出意外了，否則不會不見她。

“喂！妳上哪兒去？”小趙對著一個背影喊。

“醫院。”謝小桐頭也不回地答。

第五十五章/被蕭老闆當槍使

謝小桐花了一整晚的時間查問峇里島的各大醫院，皆沒有她描述的人入院，一時沒了主意。

"會不會……"跟在一旁的小趙欲言又止。

"不會的，如果真是那樣，我會感覺到。"

小趙心想——好個戀愛腦！連心電感應也用上了，不過這時候還是別勸解為妥，省得好心被當作驢肝肺，可是回程班機在即，怎麼也得出發了。

"還有4個小時，飛機就要起飛了，妳想改期嗎？"小趙問。

謝小桐思考了一下，她的盤纏不多，再待下去也未必有結果，還是按照原定計劃回國為佳。

"不改期，"她答，"我們現在就回酒店拿行李，然後搭車前往機場。"

坐在回程班機上，謝小桐的身體像被掏空了似，一路渾渾噩噩的……

反觀成田駿，他被綁架到一棟陌生的小屋內，前不著村，後不著店的。

"兄弟，請別動粗，我把私鑰交出來就是。"他說。

這三人感覺不對，怎麼這麼容易就交出私鑰？不是應該經嚴刑拷打才肯吐真言嗎？

成田駿解釋他也曾為蕭老闆工作過，按資歷，也算是他們的前輩，所以相當清楚其中的流程，與其被折磨得不成人形，倒不如乖乖就範。

"還前輩？"高個子的那位拍打一下成田駿的腦殼，"你知道一旦說出私鑰，自己大概也小命不保？"

"我知道，"他嘆了口氣，"只求各位動作麻利點兒，別讓我痛苦太久，還有，我的過錯由我一人承擔，千萬別傷及無辜。"

這三位看在"前輩很爽快地給出私鑰"的份上，並沒有給成田駿苦頭吃。兩個小時過後，電話那頭表示東西到手了。

"老闆，我們該怎麼處置這個人？"接聽電話的人問。

"把他押回國。"

"不是應該弄死嗎？當場弄死比較簡單。"

"幹！你是老闆還是我是老闆？我說押回國就押回國。"

"老闆，你也知道成田駿被警方通緝，他連飛機都上不了。"

"這是我的問題嗎？他若回不來，你們仨也不用回了。"

後來，這三人使用非法手段將人押回國，並把人帶至楊宅。

"你就是大名鼎鼎的成田駿？"寧韋上下打量，"楊老闆在房間內睡得死死的，你進去讓他說出私鑰。"

成田駿問為什麼是他？寧韋答不知道，這個只有蕭老闆清楚。

話說寧韋是真不知道，他好不容易才把一直去除不掉的老汪換了班，此時此刻楊宅上下全是自己人，正是下手的最好時機，哪曉得蕭老闆忽然喊停，並且下令讓他們全撤到屋外，改由成田駿上陣。

"蕭老闆在哪兒？"成田駿又問。

"告訴你也無妨，他正在東南亞的某個小國，具體位置無人知曉。"

寧韋嘴巴答不知道具體位置，但一個小時前已通過手機定位得知小趙去了寮國（這個女人沒按既定行程回國，反而直接去了寮國，很可能臨時接到大Boss的命令）。如果小趙去了寮國，代表她保護的人（謝小桐）也跟著去，所以他猜寮國便是蕭老闆目前的藏身之處，而且正挾持謝小桐。

那麼蕭老闆又是怎麼想的？由於成田駿的背叛，他過了近四年流離失所的日子，此不共戴天之仇豈能只用一死來解恨？怎麼也得榨乾這個叛徒的最後利用價值（藉他之手，殺了楊守光），不僅照樣能送成田駿走上黃泉路，連此人的戀情也一併破壞了（謝小桐若知道是成田駿殺了她舅舅，豈不恨死？），這才是殺人誅心的最高境界！

以上這些，成田駿全然不知情，只當自己又再次為蕭老闆做惡。

"如果我成功拿到私鑰，能否饒我不死？"成田駿問。

"切，你以為自己還有資格談條件？"寧韋臉露不屑，"進去！我們在這裡守著，你休想輕舉妄動。"

成田駿別無他法，只能進屋去。

第五十六章／驚魂時刻

當楊守光見到床前站著一個人時，只當他是新來的保鏢。

"你站在這兒幹嘛？出去！"楊守光沒好氣地下令。

成田駿二話不說，立即給他一個下馬威，楊守光何嘗遭過"鎖喉"這種罪？趕緊求饒。

"交出私鑰！"成田駿命令。

"什……什麼私鑰？"

成田駿再次施力，楊守光感覺自己的脖子就要斷了，只能哀求對方放過自己，有話好好說。

"看來不放狠招，你是不會交出私鑰的，我只好先斷了你的手臂。"

楊守光還沒來得及"利誘"，便聽到喀呲一聲，完了，他的左手真的斷了。

"要不要再斷了你的右手？"成田駿問。

“不不不，我說就是，你別衝動！”楊守光帶著哭聲答。

得到私鑰的成田駿立馬通知寧韋，後者遞過來一部手機，成田駿對著手機就是一陣輸出。

“蕭老闆，我已經告訴你私鑰了，人該怎麼處理？”成田駿問。

“你是第一次替我辦事嗎？我當然得查查私鑰能不能對得上。”

通話完畢後，斷了手臂的楊守光問進到房內的寧韋：“莫非你也是團伙之一？”

“我？我當然不是，我是警察，你忘了？”

知道自己信任的人竟然也是歹徒之一，楊守光絕望了，心想這次肯定凶多吉少。

在等待的時間裡，受傷的楊守光一直喊疼，不堪其擾的寧韋遂把手機留下，自己退了出去。

也不知又過了多久，手機忽然鈴聲大作，電話裡的蕭老闆怒不可遏，因為私鑰沒對上。

“告訴他，”蕭老闆咆哮著，“如果再不說實話，我讓他的外甥女謝小桐生不如死。”

成田駿聽完，心頭一顫，忙問：“你說的謝小桐是我認識的謝小桐嗎？”

“當然，要不要聽聽她的聲音？”

接下來，成田駿聽到朝思暮想的聲音，可是……

“駿，他們說你壞事做盡，這是真的嗎？”

“桐桐，妳聽我說，事情並不像妳想的那樣，我可以解釋。”

當成田駿洋洋灑灑地替自己辯白時，電話那頭傳來蕭老闆的笑聲。

成田駿很是不悅，責問謝小桐呢？讓她接聽電話！

"幹！你是老闆還是我是老闆？我給你十分鐘的時間，十分鐘一到，若還是拿不到私鑰，你女人的手指頭就不保了。"

本來成田駿不知道蕭老闆抓了謝小桐，所以無畏地說出私鑰（雖然後來證實是假的）。如今知道了，他變得謹慎起來，因為即使告知真正的私鑰，謝小桐也難逃一死。

"蕭老闆，你的最終目的無非是得到比特幣，又何必給我製造壓力？換作是你，在明知自己的最後下場也是一死的情況下，想必也不會那麼容易鬆口，就算是親外甥女又如何？自己都泥菩薩過江了，還顧得了別人？"

蕭老闆想想也對，於是問成田駿需要多久時間？

"怎麼也得磨個幾天，端看對方的忍痛力如何。"他答。

"那太久了，我只給你一天的時間。"蕭老闆說。

掛斷電話後，成田駿沉默不語。

"你……你們怎麼會提到謝小桐？"楊老闆忽然開口。

成田駿這時才大夢初醒，同時感到內疚，因為當他折磨楊老闆時，壓根兒就不知道此人是謝小桐的舅舅。

"楊先生，對不起，我不知道你是謝小桐的舅舅，讓你受苦了。"

"這麼說，你們嘴裡的謝小桐真的是我的外甥女，她怎麼了？快告訴我！"

事已至此，成田駿只好說出"部分"實情。

"聽著，只要我的小桐安全，我願意交出真正的私鑰。"楊守光急急地說。

"問題是即使給了真正的私鑰，你、謝小桐、我，最終還是厄運難逃。"

聽到這個，楊守光絕望了，全身像被抽乾了血液。

"別氣餒，"成田駿答，"我會想出辦法的，只要按照我說的做，或許我們仨都還有活命的機會。"

當寧韋推開房門時，一股蠻力火速將他往屋內拖去。不一會兒，分別接到寧韋指令的其他團伙一前一後進入楊守光的房間，皆得到同樣的待遇。

幾個小時後，接獲線報的中方警察連同當地警察一同闖入蕭老闆的巢穴（依據寧韋的手機定位）。一番彈如飛蝗下，蕭老闆中彈身亡，謝小桐得救了，可是"間接"立下汗馬功勞的成田駿卻不知去向……

第五十七章/二十年之約（完結篇）

獲救後的謝小桐大病了一場，後來身體雖康復了，精神狀態卻堪憂，醫生說她得了創傷後應激障礙，這種心理疾病多是因經歷或見證了恐怖事件而起，症狀可能包括幻覺、夢魘、重度焦慮以及無法控制地想起某事……

"想談談妳被禁錮的過程嗎？"心理醫生問。

"不想。"她答。

"最近還失眠嗎？"心理醫生又問。

"是的。"

"妳失眠的時候都想些什麼？"

謝小桐想的可多了，那些不堪回首的往事像走馬燈一樣，歷歷在目。

"想為什麼是我？"她答，"不瞞你說，現在我對周圍感到恐懼，害怕再一次受傷害。"

"那麼曾傷害過妳的人或事還存在威脅嗎？"

這個問題一丟出後，謝小桐開始剖析——主謀頭子已死，他的手下也一一被逮捕，威脅應該不存在了。

「沒有……吧？！」

「既然沒有，那麼妳恐懼什麼？」

「我恐懼不清楚周圍的人到底是真誠待我還是出於某種目的。」

「有具體的懷疑對象嗎？」

話音一落，謝小桐的腦海裡立即浮現一個人。

「沒有。」她答。

「如果妳想解開心結，就必須誠實作答，否則永遠也無法解開。」

謝小桐仍死鴨子嘴硬，但心理醫生捅破她的謊言，因為她的微表情洩了密。

「好吧！我承認的確是有這麼一個人。」她說。

「那個人……還在嗎？」

謝小桐愣了好幾秒鐘後，才意識到心理醫生問的是什麼。

「我猜他還活著，只是不清楚人在哪裡，這輩子是否還能再見面？」

這樣的心理治療持續了一段時間，可是收效甚微，原因在於謝小桐做不到全然的信任；反觀她舅舅，對同一位醫生卻是讚不絕口，因為此人真的治好了他的焦慮症。

「那也看人吧！」她說，「我就無法毫無保留地對一個陌生人敞開心扉。」

「那是醫生啊！」她舅舅答，「醫生是來治妳的病，有什麼好懷疑的？」

謝小桐注意到舅舅很容易對某種職業產生信任感，寧韋不正是以警察的身份博取他的信賴？反觀自己，她不也相信了成田駿的臥底警察身份並且全力支持？

"沒辦法，現在除了爸、媽和舅舅，我誰也不信。" 她答。

"也對，這世道千萬別輕易信人，好比妳認識的成田駿，斷我手臂時的狠勁，到現在我還瑟瑟發抖，誰能想到幾個小時後卻變了個人似的，我都不知該信哪一個才好。還有，我問他要逃到哪裡去？他竟答逃到哪裡都一樣，反正最後會回到有風吹過的地方。妳說這是什麼亂七八糟的答案？地球上還有風沒吹過的地方嗎？"

謝小桐被當頭一棒，有風吹過的地方不正是……

話說很久以前，謝小桐和成田駿曾針對法律追訴期有過以下對話：

" 如果有一天……我希望自己能拖過20年。"

" 別胡思亂想！你一定能很快洗雪冤屈，不需要等那麼久。"

" 唉！"

" 相信我，一定不用等20年，別氣餒哈！"

" 如果……我是說如果，如果真到了那個地步，妳會等我嗎？"

" 可能……會吧？！"

" 那我們勾勾手……即使到時候妳已經結婚了，我還是希望能見上一面。"

" 好，你說在哪裡見？"

“有一部日本動畫電影叫《起風了》，答案就在電影裡。”

那次談話過後，謝小桐曾試圖找出那部電影，可惜無果，今日經舅舅一提醒，她決定無論如何都要找到，還好天從人願，可是看完電影後，她仍不清楚具體約在哪裡見面。

既然電影無法解惑，謝小桐轉向網絡，經幾日來的搜索，終於有了重大發現——導演宮崎駿在創作該部電影時其實參考了部分實景，好比影片中的飛行場景，靈感其實來自岐阜空軍基地，而男主角製作飛機的地方據說是三菱內燃機製造所，至於電影中男女主角同時入住的草輕酒店則是以萬平酒店為原型，該酒店位於輕井澤，已有上百年的歷史……

謝小桐犯了難，答案不止一個，這約的是哪兒啊？

幾日過後，她又做了心理健康諮詢，這是療程中的一環，很早以前就訂下的。

“最近感覺如何？”心理醫生問。

“還行吧！”

“有做什麼特別的事嗎？”

“我看了一部電影。”

“能談談嗎？”

本來謝小桐只想三言兩語打發，沒料到三言兩語打發不了，結果便是從頭到尾講了一遍。

“聽起來很有意思，”心理醫生說，“妳為什麼挑這部看？”

謝小桐話到嘴邊卻停下，心理醫生問她為什麼不回答？

不諱言地說，經歷綁架事件後的謝小桐已不再輕易信人，帶來的影響便是沒了可以傾訴的樹洞（雖然她的家人不會拒絕傾聽，但事關成田駿，謝小桐也不好再給他們帶來不好的回憶）。考慮再三，眼下能問的也只剩心理醫生了。

"我問你個事兒，"她說，"如果你與某人約了見面，會選在哪裡？一是空軍基地；二是內燃機製造所；三是酒店。"

"肯定是酒店，"心理醫生答，"因為空軍基地一般人進不了，而內燃機製造所大概也只有工作人員能進出，即便約在那裡，恐怕也不愜意，除非不介意場所的吵雜。對了，妳為什麼問這個？"

"沒什麼，"謝小桐難掩欣喜，"我舅舅對你的評價很高，我也是。"

這突來的轉變讓心理醫生有些無所適從，但還是禮貌性地答了一聲："謝謝。"

往後幾年，謝小桐時不時總會收到來自世界各地的空白明信片，她知道是誰寄的，也知道這是郵寄的人在向她報平安……

"駿，你一定要好好的，我等不及要與你相會。"當接到一張繪有風車圖案的明信片時，謝小桐忍不住隔空喊話。

此時，在世界某個角落的成田駿似乎感應到了，他隨手摺了一架紙飛機，用力往窗外一擲……

幾分鐘後，一名小男孩撿到紙飛機，發現上面寫著幾個方塊字，遂拿著去問老師，老師檢索後告訴他："這是漢字，意思是'我愛謝小桐'。"

"誰是謝小桐？"男孩問。

“不知道，不過她肯定很幸福。”老師答。

“為什麼？”

“因為有人愛著她啊！”

小男孩似懂非懂，把玩一下紙飛機後，將它射向天空
……

（全文完）

【看不夠嗎？B杜的下一本言情小說《章小舫》正等著
您，以下是前三章，先睹為快。】

《章小舫》

第一章/人間富貴花

章小舫大概是長三角地區第一位擁有個人衣帽間的小學生吧？！可是她仍不滿意，因為父母有收納珠寶和手錶的展示櫃，而她沒有。

"囡囡，等妳再大一點兒，我們就移民美國，到時候一定給妳一個帶展示櫃的衣帽間。"她母親對她說。

章家不是上海本地人，頂多算是新上海人，但章小舫的母親還是跟著上海人的喚法，親暱地喊自己的女兒"囡囡"，也就是"寶貝兒"的意思

"章太太，您家何時移民美國？"得到第一手消息的美髮師立馬來了精神，"如果真移民了，又會住在哪個城市？"

"再過兩年吧！"章太太答，"我們申請的是商業移民，應該很快會批下來，不過囡囡才小學五年級，怎麼也得等她小學畢業吧？！至於城市，我想去紐約，可是我先生想去聖荷西，理由是聖荷西在美國西海岸，天氣比紐約好太多。"

美髮師聽過紐約，但沒聽過聖荷西，即便如此，她仍頻頻點頭附和，彷彿對這兩處地方熟得不得了。

"姆媽，我不想去美國。"章小舫嘟著嘴，"Wendy說美國飯難吃，晚上也沒什麼好玩的，無聊死了！"

"那是因為Wendy去的是鄉下，當然不好玩。"她母親說，"換成紐約就不一樣了，那是一座不夜城，好玩的地方可多了。"

因為這個回答，章小舫立即愛上紐約，心想到時候肯定投母親一票，孤掌難鳴的父親也只能點頭同意。

"章太太，你們一家都好有福氣呦！那麼快就要到美國享福了。"美髮師邊盤髮邊羨慕，"話說回來，失去您這個大客戶，我還真有點兒捨不得。"

"有什麼捨不得的？如果妳願意，可以跟我們一起到美國，就像我家廚子一樣，到時候我讓我先生給妳申請個工作簽證。"

聽到自己也能到美國見世面，美髮師的聲音立即高八度，嚷著肯定是上輩子燒高香，這輩子才能遇到像章太太這樣的貴人……

這可不是過分吹噓，章太太的確是美髮師的貴人，只因一次偶然的相遇，便讓對方上門服務，一週總有個三、五次，每次固定給100元小費，對於底薪只有3000元的美髮師來說，不啻為一筆不菲的外快。如今章太太又慷慨地給出承諾，對於懷有"美國夢"的人來說，不啻天上掉餡餅。

"好了，章太太，您看滿不滿意？"美髮師討好地問。

為了參加今晚的跨年酒會，章太太特意選了紅色禮服，美髮師便在盤好的髮上插上一支同色髮簪，看起來喜氣洋洋。

“還行吧！”章太太對著鏡子左看右瞧，“今天的髮膠氣味不太好聞。”

“對不起，下回我會注意。”美髮師誠惶誠恐地答。

待章太太起身去挑配飾，美髮師問章小舫想紮什麼辮子？

“我不想紮辮子，我想把頭髮捲成大波浪。”她答。

“妳才多大？大波浪看起來會很老氣。”美髮師答。

“我不管，我就要大波浪。”

美髮師的內心咒罵一句，但臉上還是帶著笑，不一會兒便動手為小主人捲髮……

當章家一家三口出現在酒會會場時，商會主席陳文夕立即迎上前去。

“怎麼現在才來？害我好等。”陳主席說。

“沒辦法，我家司令忽然改主意，為了等她換好旗袍，我抽完一整包的紅河道。”章先生答。

“別賴我，”章太太睨了自己的老公一眼，“是誰硬要把車拿去送洗？”

面對老婆不留情面的吐槽，章先生無奈表示平常他開瑪莎拉蒂或賓利，今晚是盛會，怎麼也得把捷豹老爺車開出來，豈料這時才發現愛車已蒙塵，只能開到洗車店清洗。

“哈哈哈……”陳主席笑不可支，“怎麼我就沒此等煩惱？看來還是老弟混得好。”

“哪裡哪裡，不過混口飯吃。”章先生轉向自己的女兒，“喊人啊！寶貝兒。”

過去一年，章小舫已見過Uncle陳不下數十次，早已相當熟稔，遂大方地打了聲招呼，接著逕直走向Auntie陳。

章小舫口中的Uncle陳和Auntie陳是一對聲譽良好的夫妻，唯一的兒子常年在歐洲打拼，極少回國，兩夫妻自然而然地將情感投放在活潑可愛的章小舫身上，待她就像自己的親閨女一樣（如果老來得女，不也是這個歲數？）。

"原來是小舫啊！"Auntie 陳笑眯眯地說，"妳今天的髮型不一樣，我差點兒沒認出來。"

"好看嗎？"章小舫摸摸自己的大波浪問。

"當然，妳綁辮子好看，不綁辮子也好看，怎麼樣都好看。"

章小舫很滿意這樣的回答，事實上，她也沒什麼可抱怨，因為圍繞在她身邊的幾乎全是好人，不是讚美她就是隨時準備為她提供幫助，所謂的"壞人"只存在電影或電視劇中。

"Auntie，"章小舫接住遞過來的橙汁，"聽說今晚追風少年會上臺表演，表演過後，我能跟他們合影嗎？"

"當然可以，我來安排。"

後來，章小舫不僅拿到與偶像的合影照，還加了聯繫方式，看來她能在朋友圈好好地炫耀一番。

"小舫，今晚玩得開心嗎？"酒會結束後，Auntie陳問。

"開心，不過......"

"不過什麼？"

"不過我的作業還沒寫完，很怕後天上課交不了。"

"如果交不了，老師會罵人嗎？"

章小舫答不會，但會找家長談話。

"那麼妳爸或妳媽會給妳苦頭吃嗎？" Auntie陳又問。

章小舫的父母對她向來溺寵，連話都不敢說得太大聲，怎會給她苦頭吃？

"不會。"她果斷地答。

Auntie陳說既然如此，有什麼好擔憂的？

章小舫想想也對（到時候大不了承認自己貪玩，老師看在假期的份上，大概率會網開一面），遂又笑顏逐開。

"對，就是這樣！" Auntie陳拍拍章小舫的小臉，"記住了，不管任何事情發生，都要保持微笑，妳不知道妳笑起來有多好看。"

章小舫當然知道自己好看，笑起來尤甚，所以從不吝惜對周遭報以微笑，而這個世界也沒讓她失望，不僅要風得風，要雨得雨，還總能大事化小，小事化無（好比這次的作業事件）。

這就是章小舫，一朵總是順遂無虞的人間富貴花......

第二章／敗家女

章太太沒有工作，平日最大的愛好便是逛街，她的足跡幾乎踏遍海內外所有知名的商場，逛奢侈品店就像逛超市一樣便利與自然。

"章太太，今日新貨到，要不要試試？"某櫃姐說。

"行吧！"她轉向自己的女兒，"囡囡，妳坐這兒，姆媽一會兒就好。"

章小舫知道母親一試起衣服和鞋包，絕不可能一會兒就好，於是拿出紙筆，畫出一件又一件的華美服裝。

"哇！這是妳畫的？"一位櫃姐嚷著，"真厲害！"

章小舫不動聲色，繼續塗鴉。

踢到鐵板的櫃姐仍不死心，喊來一幫櫃姐，在眾人的甜蜜攻勢下，章小舫終於鬆口，答："我隨便畫的，比起 Karl Lagerfeld、Valentino Garavani 和 Yohji Yamamoto，我還有很多要學習的。"

章小舫在國際學校就讀，一口英語本來就說得字正腔圓，不過這還不是最令人尷尬的，而是她提到的三個人名，櫃姐一個也不識。

"妳聽過草間彌生嗎？我們店裡就有她的作品。" 一位櫃姐說，想扳回顏面的意味濃厚。

"妳說的是Kusama Yayoi吧？！我也很喜歡她的作品，但她不是設計師，而是藝術家，頂多只是讓商家使用她的繪畫元素。"

起初，櫃姐們不過是給個高帽戴，沒想到連續被這個身高不到一米五的小孩打臉，面子上下不來，但又不能得罪優質客戶的女兒，只好一哄而散。

"囡囡，妳看這個包好看嗎？" 章太太提著一個包問女兒。

章小舫一看，這不是Kusama Yayoi的波點藝術嗎？

"好看，妳喜歡就好。" 她答。

站在一旁的櫃姐此時長舒一口氣，她原以為這個小妮子會說出一些"令人不安"的話來，進而讓她少賺佣金，還好沒有。

離開"成人"奢侈品店後，母女倆轉戰高奢少女服飾店，在陸續買下章小舫要的吊帶裙、水晶手鏈和髮帶後，一大一小這才走進已事先預約好的餐廳吃下午茶。

這麼說吧！如果章太太的愛好是逛街，那麼她女兒的愛好便是在這個基礎上繼續發揚光大，還好章先生日進斗金，否則如何養得起兩個"敗家女"？

"囡囡，吃完下午茶，妳還想去哪兒？" 章太太問。

"我想到外文書店買最新的時尚雜誌，再到植村秀的櫃檯買眼影。"

自從知道自己的偶像Karl Lagerfeld使用植村秀的眼影畫設計稿後，章小舫便有樣學樣，家裡已經有大大小小的

眼影盤，可是她仍持續進貨，彷彿不要錢似的，而說起
時尚雜誌，那又是另一個故事——家裡明明已經訂閱中
文版，偏偏章小舫要看英文版，以致同一個屋簷下出現
兩本內容相同但版本不一的雜誌。

以上若擱在普通人家，肯定會被批評浪費，然而章家不
是普通人家，不出意外的話，這種"肆意妄為"的生活起
碼還能再過個五十年。

吃完下午茶，這對母女終於決定打道回府，不巧的是外
面正下起傾盆大雨，而司機老劉又把車停在馬路對面
（理由是商場前不讓停車）。

" 不行，你馬上把車開過來，我不想弄髒我的Jimmy
Choo。" 章太太對著手機說。

任性的結果便是收到一張違規停車的罰單，但相比八萬
元一雙的手工定製鞋，那簡直便宜得不要不要的。

可想而知，耳濡目染下的章小舫養成了"買東西從不看
價格"和"花錢買便利"的習慣。如果有人告訴她買東西
得"貨比三家"，她會嗤之以鼻，因為同樣的時間可以做
更有意義的事，好比看電影、做美甲、游泳、打高爾夫
……等，何苦為了"幾塊錢"傷神？所以當她的母親不再
花錢大手大腳，並且開始"貨比三家"時，章小舫感到迷
茫。對此，她母親的解釋是——咱家就要移民美國了，
把錢省下來到美國花不好嗎？再說，現在買的越多，到
時候搬的就越辛苦。

"所謂的省錢也包括地下室那十幾輛車嗎？" 章小舫問
。

"當然，車子的運輸費很貴，倒不如賣了，到美國再買
新的。"

"那家裡的司機、廚子、阿姨和園丁呢？我以為他們會
跟我們一起到美國，連同那個已經許久不見的美髮師

。”

“囡囡，妳不懂，我們是商業移民，得僱美國籍員工才行。”

章小舫的確不懂大人的世界，只知道慣坐的車子一輛接一輛地消失，最後換上不知名的小車，家裡也因為少了做事的人，亂了不止一星半點，如果不是一家三口尚住在原來的房子裡，上的學校也沒變，章小舫或許會早一步產生危機意識。

事情的轉折發生在兩週後，當時章父章母關在房間裡講話，客廳茶几上的手機忽然響了一聲，章小舫本想通知父親，但走到房門口又踅回。幾經猶豫，她還是沒逃過好奇心的驅使，這才發現父親的祕密——一條催債短信。

“不，不會有人向阿爸催債，這不是真的，一定是惡作劇！”她邊安慰自己邊上床。

這是章小舫慣用的法子，只要吃顆糖（此時她已刷牙完畢，並不想吃糖）或睡上一覺，所有霧霾都會在醒來後消失殆盡。

隔天，章小舫從Hstens Vividus的床墊上醒來，霧霾果然煙消雲散，因為母親告訴她——今天放學後，Uncle陳會接她去他家住。

“妳和阿爸呢？”章小舫問。

“我們得忙著移民，一旦在美國安頓下來，就會接妳過去。”

章小舫心想這樣最好，她可不願像隻無頭蒼蠅似地在一個陌生環境中到處亂竄，遂答：“行，沒問題。”

“那給姆媽香一個。”她母親說。

章小舫抱住母親，左右臉頰各親一個。

“也給阿爸香一個。”她母親說。

於是章小舫跳下床，直奔父親懷裡。

事後回想，這大概是章家家道中落前最溫馨的一刻，因為接下來就愁雲慘霧了（不過受影響的只有章父章母二人，章小舫這朵人間富貴花依舊開得燦爛）……

第三章/家變

章先生和章太太原本的計劃是——等女兒小學一畢業便拿著有效期為兩年的"臨時綠卡"全家遠赴美國。如今"臨時綠卡"到手了，可是出行人卻只有兩人。

"把囡囡單獨留下來好嗎？"章太太憂心忡忡地說。

"不然呢？妳打算讓她陪我們吃苦？"

話說章先生從腰纏萬貫到阮囊羞澀只用了短短兩天的時間，簡直不可思議，連電視劇都不敢這麼演。為此，他懊悔不已，怎麼就忽然鬼迷心竅了呢？

如果光只是章先生一人的一時糊塗，還不致於陷入萬劫不復的境地，問題出在隨行的章太太身上，她玩起骰寶來，不僅輸得連底褲都沒了，還倒貼一大筆錢。

對此，章太太有不一樣的解讀。

"這事不能全怪我，"她說，"一開始有輸有贏，但接下來就不是那麼回事了，我押大就出小，押小就出大，好不容易押大出大，押小出小，偏偏就來個圍骰，簡直見鬼了！"

（註：如果三個色子點數一樣，莊家通吃，也就是所謂的"圍骰"，意即無論押大或押小，下注者皆輸。）

"我沒怪妳玩，可是妳怎麼會輸光手中的籌碼還跟賭場借？借了也就罷了，還不跟我說，直到累積到一個可怕的數字，此時就算天王老子來了，也照樣回天乏術。"

"我……我以為家裡的存款比那個多得多，還有，我不相信自己的運氣會這麼背，一心想把輸掉的錢給贏回來，加的籌碼也就越來越大，以致於到最後一共向賭場借了多少，我完全不清楚。"章太太弱弱地答。

這也是章先生的不明白之處，他玩的百家樂多少靠點兒技巧，不像太太玩的骰寶，基本靠運氣。換言之，骰寶的輸贏應該接近五五開，怎麼就兵敗如山倒？

然而他太太借錢一事不假，一次下注曾高達20萬美金也是事實（有錄像和簽名為證），現在說什麼都太晚了……

從拉斯維加斯回來後，這對夫妻一直在"暗中"籌錢，但情況很不理想，為了在期限內還上欠款，章先生只好向地下錢莊求助，雖然躲過賭場的圍剿，但利滾利的結果，成功讓章家一貧如洗，若不是太太再三請求，他恐怕不會花高價又住回已出售的房子內，同時預付一年的國際學校學費，為的就是保住最後的顏面，尤其不能讓唯一的寶貝女兒發現這個家已今非昔比……

當一切都出清並且還完所有欠款，章先生的手裡大概還剩三十萬元不到。

"就這麼點兒錢，恐怕很快又要走投無路了。"章太太絕望地說。

"天無絕人之路，總會有辦法的。"章先生安慰她。

也許保密工夫做得好，章家的身邊人皆以為這一家三口就要飛到美國，繼續過上等人的生活，這也包括那對即將被委以重任的陳氏夫妻。

“這樣好嗎？非親非故的，他們會願意嗎？”章太太惶惶不安地問。

“把女兒交給老陳夫婦乃無奈之舉，”她老公答，“目前也只有他們能讓小舫的生活水平不下降。倘若留給親戚，那差距就大了，女兒難免會有失落感，這是我們最不願見到的事。”

“可是我們要如何解釋這件事？”

“就說不願孩子在學期當中中斷學業，他們會理解的。”

雖然老陳夫婦一向善待章小舫，但真要把孩子送過去又是另一回事，章太太很擔心對方會拒絕。

“妳說的對，所以我打算給他們一筆錢。”章先生說。

“給錢？”章太太揚起聲，“我們哪來的錢？”

“妳不是還有一個愛馬仕包？”

此話一出，這位已經心力交瘁的女人瞬間受到很大的衝擊。

是這樣的，章太太曾有一櫃子的名牌包，為了還債，不得不低價出售，只保留一個愛馬仕，如今連這一個也難保，怎不令她唏噓？

“你知道這個包是怎麼來的嗎？”她神情哀怨地問。

章先生嘆了口氣，答：“我相信這個包對妳的意義重大，但再怎麼大也大不過咱們的女兒，妳想要小舫在別人的屋簷下窩窩囊囊地活著嗎？”

囡囡是章太太的心頭肉，她寧願苦自己，也不願女兒受一丁點兒委屈，所以只一會兒的工夫，她便與自己和解了。

就在售包後的那個週末，章家邀陳家吃私房菜，席間便
把女兒託付出去。

"沒問題，小舫就像我們的女兒一樣，我們一定會盡心
盡力照顧好她。"陳太太說。

"既然我太太同意了，我沒意見，只是你們何時接她去
美國？"陳先生問。

這個問題章先生和章太太已事先討論過，所以口徑完全
一致——七年級開始前就會接走女兒。

陳家二老一合計，不過五個月的時間，所以婉拒章家遞
過來的生活費。

就這樣，章小舫住進了陳家，在兩老的呵護與疼愛下，
又過上錦衣玉食且有求必應的生活，直到那通電話的到
來……

作者介紹

在異國的背景下加入纏綿悱惻的愛情故事是B杜小說的一大特點，她的文筆清新、筆觸詼諧、畫面感很強，讀完小說有種看完一部愛情偶像劇的感覺，特別適合懷春少女及對愛情有憧憬的女性閱讀。

另外，B杜還創作了散文、嚴肅小說、系列小說等，歡迎關注。

ALSO BY B杜

《谢小桐》（简体字版）Miss Xie（in simplified Chinese characters）

* * *

《法蘭西情人》 Love in France

《東瀛之愛》 Love in Japan

《新西蘭之戀》 Love in New Zealand

《英倫玫瑰》 Love in England

《愛在暹羅》 Love in Thailand

《情定布拉格》 Love in Prague

《獅城情緣》 Love in Singapore

《愛上比佛利》 Love in Beverly Hills

《夢回楓葉國》 Love in Canada

《早安，歐巴》 Love in Korea

The Witch & Warlock Café on Wutong Road

《巫覡茶館之浣紗路篇》

The Witch & Warlock Teahouse on Huansha Road

《鴻溝》A World Apart

《潔西卡》Jessica

《我的泰國養老生活 1》My Retirement Life in Thailand 1

《我的泰國養老生活 2》My Retirement Life in Thailand 2

《夏小希》Miss Xia

出版社介紹

如意出版社（Luyi Publishing）在英國註冊，致力於將優秀作品介紹給全球讀者，聯繫方式如下：

郵箱1: Luyipublishing@163.com

郵箱2: Luyipublishing@gmail.com